異世界料理で
子育てしながらレベルアップ！
～ケモミミ幼児とのんびり冒険します～

桑原伶依

この作品はフィクションです。
実在の人物・団体・事件などに
一切関係ありません。

異世界料理で子育てしながらレベルアップ！

～ケモミミ幼児とのんびり冒険します～

ⓒⓞⓝⓣⓔⓝⓣⓢ

プロローグ・6

1 召喚されし者の力・8

2 ヘルディア王国からの脱出・46

3 出会いと決断・78

4 異世界子連れ旅・116

5 冒険者になりました！・160

6 お買い物に行こう！・199

7 第二の天職!?・233

エピローグ・264

番外編 不思議な料理人・267

異世界料理で子育てしながらレベルアップ！

～ケモミミ幼児とのんびり冒険します～

プロローグ

すべての始まりは、あの日の朝。四人の高校生たちとすれ違った瞬間に起こった。

突然俺たち五人の足元に浮かび上がった、巨大な魔法陣みたいな光の図形。

そこから放たれた眩《まばゆ》い白光に飲み込まれた瞬間、エレベーターが落下するような浮遊感に襲われ、どこかへ引き寄せられて——気がつくと、魔法陣らしきものが描かれた石床の上に立っていた。

室内は窓のない石造りの広間で、魔法陣の周囲には、いかにも魔道師って感じのローブを着た男たちが、力尽きた様子で座り込んだり、倒れたりしている。

その後ろには、帯剣《たいけん》した騎士っぽい服装の男たちと、女騎士を侍《はべ》らせたドレス姿の金髪碧眼《へきがん》美少女が立っていた。

（……まるで弟が絶賛どハマり中の、ライトノベル原作のアニメみたいな光景だ）

美少女が俺たちに微笑みかけ、鈴を転がすような美声を響かせる。

「異世界の勇者様方。我がヘルディア王国の召喚《しょうかん》に応えていただき、誠にありがとう存じます。わたくしはエリーザベト・ヘルディア。この国の第一王女です」

王女は悪びれもせずそう挨拶したが、こちらは召喚に応じた覚えなどない。

不条理《ふじょうり》を感じているのは俺だけなのか、高校生たちは「これ、ラノベで流行《はや》ってる勇者召喚ってヤツー？」などとはしゃいでいる。

勲章《くんしょう》をたくさんつけた騎士に注意され、場が静まったところで、再び王女が口を開く。

「異世界の勇者様方をお招《まね》きしたのは、我が国に攻め入ろうとしている、悪《あ》しき異形《いぎょう》の者どもに天の裁《さば》きを下すため。どうか皆様のお力で、彼《か》の者どもを討伐《とうばつ》してくださいませ」

勇者と祭り上げて『敵と戦え』とか冗談じゃない。

俺は発言の許可を得て、王女に訴えた。俺たちが平和な国で生まれ育ったこと。命がけの戦闘経験はもちろん、戦闘訓練すらしたことがないことを。

すると王女は告げた。『異世界から召喚されし者』は、神の加護による特別な力を授かっていると。

その力を対価に、俺たちを国賓《こくひん》として礼遇《れいぐう》すると。

そして、召喚された俺たちは、もう、もとの世界へ帰れないということを――。

1. 召喚されし者の力

俺たちは拝謁《はいえつ》のマナーを教授され、王城地下にある召喚の間から謁見《えっけん》の間へと連れていかれた。

玉座の前に進み出て、横一列に並んで跪《き》礼《れい》し、王の言葉を待つ。

「余《よ》がヘルディア王国国王、ヴァルター十三世である。面《おもて》を上げよ」

二度目の促《うなが》しで視線を下に向けて顔を上げ、右端にいる年長の俺から挨拶する。

「お初《はつ》にお目にかかります。私は新野《にいの》友己《ゆうき》。姓が新野で、名は友己と申します」

続いてアスリートっぽい爽やか美少年、クール系眼鏡美少年、長身マッチョの硬派美少年、アイドルみたいな美少女の順に名告《なの》る。

「赤井《あかい》勇人《はやと》と申します」

「青木《あおき》賢士《けんじ》と申します」

「黒田《くろだ》一騎《かずき》と申します」

「桃園愛里《ももぞのあいり》と申します」

王は俺たちの働きに期待していると声をかけ、ベルコフという名の魔導師長が、俺たちにステータスの確認方法を教えた。

ステータスオープン――と唱えると、目の前に空中ディスプレイみたいな画面が現れる。

【名前】新野友己　【年齢】二十八歳
【職業】洋食屋見習い＋5
【称号】召喚されし者　異世界の料理人
【レベル】1
【生命力】30　【回復力】30／24h
【魔力】30　【魔力回復力】30／24h
【物理攻撃】15　【物理防御】15
【魔法攻撃】15　【魔法防御】15
【体力】10　【俊敏性】8　【技術力】0　【運】10
【神の恩寵《おんちょう》】言語翻訳　アイテムボックス　調理補助
【スキル】料理　食材・料理鑑定

高校生たちが、自分のステータス画面を見てはしゃぐ。

「うわっ、オレ職業【勇者】って書いてある！」

「僕は【賢者】です」

「俺は【聖盾騎士】だ」

「わたしは【聖女】だって！」

高校生たちの声に、この世界の人間たちが歓声を上げた。

ベルコフ魔導師長は彼らのステータス画面を見て、満面の笑みを浮かべて絶賛する。

「物理・魔法ともに戦闘スキルが多い勇者。六属性魔法やハイレベルな鑑定スキルが使える賢者。聖魔法攻撃と鉄壁の防御を誇る聖盾騎士。治癒《ちゆ》・回復・浄化・結界など、レアな支援魔法スキルを持つ聖女。いずれも最高クラスの職業です。まだレベル1にも関わらずステータス値が高いですね。これなら即戦力になりますし、戦闘訓練でレベルを上げればもっと強くなれますよ。それに比べてあなた！【洋食屋《りょうりや》見習い】ってなんですか！」

ベルコフが俺のステータス画面をガン見して、忌々《いまいま》しげに吐き捨てる。

「こんな職業の召喚されし者は歴代初です！　しかも二十八歳にもなって【見習い】とは……あり得ませんね！」

さっきと違う種類のざわめきが湧き起こり、高校生たちが見下した顔で俺を見て、わざと聞かせるようなボリュームで言う。

「マジかよ。なんで料理人見習いが勇者召喚されてんの？」

「巻き込まれた異世界人ってヤツじゃないか？」

「あいつのステータス、全部二桁《けた》以下だぞ」

「やだぁ～。カッコわるぅ～！」

　そしてベルコフが、さらにネチネチと嫌味ったらしく俺をディスる。

「高等教育を受けた者は十五歳で就職しますが、通常見習い職は十歳から十四歳の子供がやる仕事です。もっと小さい頃から働いている子供もたくさんいます。それなのにあなた、その歳でまだ見習いとは嘆《なげ》かわしい。しかもあなたのステータス、ほかの方々の十分の一から三十分の一以下！　子供並みじゃないですか。技術力なんて『０』ですよ。よほど不器用なのか、怠《なま》けてろくに技術を磨かなかったのか、どちらかでしょうね」

　あまりの言われように言葉を失くしてしまったが、俺は料理人見習いじゃない！　洋食屋の経営者見習いだ！

　東京郊外にある『洋食屋ＮＩＮＯ《ニーノ》』は、家族経営の小さな店だが、グルメ激戦区で三十年以上続く老舗《しにせ》で、ランチタイムやディナータイムは行列ができる人気店だと、テレビ番組で何度も紹介されている。

　俺は高校卒業後、製菓専門学校と、フランス料理・イタリア料理マスターカレッジに通い、どちらもフランス校留学と本場フランスでの実地研修《スタージュ》を経験して、五年余り都内の有名フレンチレストランで修行したんだ。

料理も製菓も、コンテストに出れば必ず上位入賞したし、優勝だって、何度も経験した。料理人としての技術がないなんて、それこそあり得ない！

しかし、勇者召喚を実行した奴らにとって、そんなのどうでもいいことだ。

「子供は運動するだけでもステータスが上がります。十代であれば、魔物を斃《たお》してレベルを上げれば急成長しますが――二十八歳となると、どう頑張っても、ステータスはさほど上がらないでしょう。しかも、たいしたスキルも持っていませんね。【言語翻訳】と、【アイテムボックス】はレアスキルですが、召喚されし者は必ず持っていますし、アイテムボックスの容量は魔力量に依存します。あなたの魔力量程度のアイテムボックスなら、一般人でも持っていることがあるんですよ。それ以外は【料理】と【食材・料理鑑定】【調理補助】だけ。まったく戦力になりません。勇者様方がおっしゃったように、あなたは勇者召喚に巻き込まれたのかもしれませんね」

毒のある長台詞を滔々《とうとう》と語るベルコフも、ひそひそ囁き合って嘲笑《ちょうしょう》する者たちも、都合よく忘れてるんじゃないか？

俺は望んで異世界に来たんじゃない。勇者召喚という名目で、無理やり異世界に拉致《らち》されたんだ。

しかも片道切符で、元の世界に帰りたくても帰れないのに――謝るどころか、戦力外だとバカにするとは、随分な対応だ。ここまで言われて、怒るなと言うほうが無理だろう。

「そうですね。私は庶民的なジャンルの料理人なので、お城で働けるとは思えません。おっしゃる通り、勇者召喚に巻き込まれた可能性が高そうですし。できれば庶民の街で料理人として働きたいです。しかし、見知らぬ異世界で、身一つで街へ出ても生きていけません。当座の生活費を支援していただけないでしょうか？」

俺の言い分を聞いて、ベルコフは「金の無心ですか」と鼻を鳴らした。

「ええ。突然異世界へ召喚され、元の世界へ帰れないと聞かされて、正直なところ途方に暮れております。けれどいつまでも嘆いていられませんし。慰謝料代わりの生活支援金をいただければ、あとは自力で頑張りますので、何卒《なにとぞ》よしなにお取り計らいくださいませ」

チクリと皮肉を含んだ俺の言葉に、王は鷹揚《おうよう》に頷く。

「よかろう。そなたに金貨六十枚を遣わす。城を出て、料理人として生きるがよい」

金貨六十枚が慰謝料として妥当な額か判らないけど、無一文で放り出されるよりマシだ。

王の指示により、俺はその場にいた文官に別室へ連れていかれた。

「今、財務の者が金貨を用意しています。準備ができるまで、こちらでお待ちください」

勧められた応接ソファに腰を下ろし、文官からこの世界の情報を仕入れておく。

ヘルディア王国はエポーレア大陸中央部西寄りに位置し、主要都市は国の北西部にある。

暦《こよみ》は大陸共通で、一週間は六日。一カ月は三十日。一年は十二カ月で、新年は冬至《とうじ》だ。

冬至から三十日ごとに『雪の月《ニヴォーズ》』『雨の月《プリヴィオーズ》』『強風の月《ヴァントーズ》』。

春分から三十日ごとに『芽吹く月《ジェルミナール》』『花咲く月《フロレアール》』『放牧月《プレリアール》』。

夏至《げし》から三十日ごとに『収穫月《メスイドール》』『熱波の月《テルミドール》』『実りの月《フリュクティドール》』。

秋分から三十日ごとに『葡萄月《ヴァンデミエール》』『霧の月《ブリュメール》』『霜の月《フリメール》』。

夏真っ盛りだった地球同様、こちらもちょうど、明日から『熱波の月《テルミドール》』に入るそうだ。

しかし、真夏でも半袖Tシャツ一枚だと肌寒い。五月上旬くらいの気温だろうか？

一日は地球と同じ二十四時間。時を知らせる教会の鐘は、通常朝五時から夜八時まで。日照時間が長い夏至前後の三カ月は朝四時から。冬至前後は朝六時から鳴るそうだ。


「不躾《ぶしつけ》ですが、支援していただく金貨六十枚は、何を基準に算出された額でしょうか？」

「役職や栄誉勲章、懲罰《ちょうばつ》のない一般騎士の年収に相当します」

教えてもらった衣食住の相場からして、金貨六十枚は六百万円くらいか？

しばらくして、財務担当の文官が、硬貨が入った袋を運んできた。

「こちらが金貨六十枚分の硬貨です。金貨十枚は、庶民の通貨に崩しておきました。ご確認ください」

硬貨は金貨・小金貨・銀貨・半銀貨・小銀貨・銅貨・鉄貨が、種類ごとに百枚以下で麻袋に入っている。

それを取り出して比較しながら金額の説明を受け、俺は硬貨を十枚ずつテーブルの上に積み上げ、数量を確認しては袋に戻す。

「確かにありました。ありがとうございます」

「では、こちらの領収書にサインをお願いします」

渡された書類の見慣れぬ文字を凝視すると、不思議と内容が理解できた。

書くほうも、サインしようと思っただけで、言語翻訳スキルが仕事をしてくれる。

サイン済み領収書を返すと、財務担当文官が退室し、俺をここへ案内した文官が言う。

「大金を持ち歩くのは不用心なので、アイテムボックスに収納することをお勧めします。使い方は、手に取って『収納』と唱《とな》えるか、収納するよう強く念じるだけです」

「あなたもアイテムボックス持ちなんですか？」

「まさか。アイテムボックス持ちは稀少ですし、防犯の観点から、城勤めの文官や女官、城内の重要な場所を担当する使用人にはなれません」

（ってことは、あまり大っぴらに言わないほうがよさそうだな）

俺はその場で「収納」と唱えて金貨が詰まった袋を仕舞い、無言の出し入れにも成功した。袋ごと収納して、硬貨一枚だけ取り出すこともできる。便利なスキルだ。

（ボディバッグに入れてるスマホや財布も、アイテムボックスへ入れておこう）

身支度を終えると、文官が再び注意事項を告げる。

「庶民の店で料理人として働きたいとのことですが、ギルドカードがなければ旅行者か流民《るみん》扱いとなり、王都で働くことも、家を買うことも、借りることもできません。城を出たら職人ギルドに登録して、働き口を探してください。庶民街の屋台広場で開業する場合は、商人ギルドへの登録が必要です。解らないことがあれば、ギルドで相談してください」

そうしてギルドの場所を口頭で教えられ、俺は追い立てられるように城を出た。

庶民街へ向かって大通りを歩きながら、俺は二度と会えない家族に思いを馳《は》せる。

ずっと自分のやりたいことに夢中で取り組むだけだった俺が、ようやく店を継ぐためのの修行を始め、これから親孝行するつもりだったのに——あのとき、あの道を通ったばかりに、今は独り異世界にいる。

ネット小説が好きな五歳下の弟、広弥《ひろや》は料理の道へは進まず、大学を出て就職した。

八歳下の妹、綾夏《あやか》は製菓学校を卒業し、パティスリーで修行中だ。

俺の代わりに、綾夏が料理人の婿を取って、店を継いでくれるだろうか？

これまでずっと、俺が『洋食屋ＮＩＮＯ』の跡取りだと思って生きてきた。

できればこの世界でも、『洋食屋ＮＩＮＯ』の料理人として働きたい。

とはいえ、勇者召喚という名目で俺を拉致した挙句、技術のない料理人見習いだとバカにした奴らの国で、店を開く気にはなれない。

ここで店を開いたら、地球の料理が恋しくなった勇者たちが来るかもしれないし。そうなったら、いろいろ面倒なことになりそうな気がする。

いっそどこか違う国へ行こうか？

遺恨《いこん》のない他国で暮らすほうが、精神的に楽だろう。

（ギルドに登録するのは、他国へ行ってからのほうがいいかも）

この国の人はゲルマン系の顔立ちで、色白で明るい色の髪や瞳が多いけど、黒髪や黒っぽい瞳の人もいる。騎士は日に焼けた浅黒い肌の人が多かったし、地黒の人もいるようだから、上手く紛れ込めば消息を絶てるかもしれない。

そう考えたところで、屋台が並んだ広場の前を通りかかり、俺はふと足を止めた。

（まずは昼食がてら、ここで情報収集していくか）

広い屋台広場には、空いている店も、行列ができている店もある。

（あそこの串焼き肉を売ってる店が一番賑《にぎ》わってるな。最後尾の客は、井戸端会議が好きそうなおばちゃんだ）

俺はおばちゃんの後ろに並んで、独り言を装って呟く。

「なんだか肌寒いなぁ。この辺りはいつもこんな気温なの？　それとも今日が特別かな？」

おばちゃんは退屈していたのか、振り返って機嫌よさげに話しかけてきた。

「普段はこんなもんだけど、『熱波の月《テルミドール》』に入ると、月に何度か、数日間うだるような暑い日が続くんだよ。兄さん、よそから来た人かい？」

「そうだよ。ねぇ、この辺りで服を買うなら、どこがいいかな？」

「古着なら露店でも売ってるけど、新品がよければ、そこの大通りにあるレイド商店がお勧めだよ。あそこは王都で一番品揃えが豊富でね。いろんなサイズで、富裕層向けの服や小物から、冒険者向けの服や装備品まで扱ってるよ」

「教えてくれてありがとう。助かるよ。冒険者と言えば、さっき『ナントカがこの国に攻めてくる』って話してたけど、なんのことか判る？」

「さあ？　そんな話、聞いたことないねぇ。聞き間違えたんじゃないかい？」

侵略者を討つために勇者召喚したはずなのに、国民がなんの脅威も感じてないなんて、おかしくないか？

「攻めてくるとしたら、獣人じゃねぇべか？」

そう小声で言ったのは、俺の後ろに並んだ客だ。

「俺ァ、西の辺境にあるカナーン村から行商に来とるんだどもよ。リファレス王国からきた商人が、『ここ数年、しょっちゅう獣人族の子供が攫《さら》われとる』言うとったわ」

この世界には、獣人もいるんだな。

「それがどうして、『獣人が攻めてくるかも』って話になるの？」

行商人は俺の耳元で、さらにボリュームを落として言う。

「人攫いが売りに来るなら、十中八九この国だべ。他国じゃ犯罪奴隷か借金奴隷しか売り買いできんのや。奴隷の扱いにも決まりがあるそぅやが、この国じゃ、奴隷は主人の所有物でな。他国と違って、獣人は獣《けもの》として扱われとるで、見目《みめ》のええ獣人奴隷に子供を産ませて、金持ちに売っとるんだわ。『奴隷が産んだ子や』ゆうて誤魔化しゃぁ、攫った子供を堂々と売れるべさ」

おばちゃんも訳知り顔で頷いている。

「庶民街じゃ滅多に見かけないけど、獣人の女子供は、愛玩《あいがん》奴隷として金持ちに人気があるらしいねぇ。南部の鉱山奴隷や農園奴隷も、頑丈で体力のある獣人が多いって聞くよ」

行商人の言う通り、『この国に攻め入ろうとしている悪しき異形の者ども』って、家族や仲間を攫われた獣人たちじゃないのか？

あの王女『天の裁きを下すために勇者召喚した』とか言ってたけど、攫われた獣人がこの国で売買されているのを知っていたなら――どんだけ面《つら》の皮が厚いんだよ？

(やっぱりこの国は信用できないな)

戦闘奴隷代わりに異世界から勇者を召喚するくらいだから、国が獣人を攫う行為を黙認している可能性もないとは言えない。

「おじさんが住んでるカナーン村は、ここから遠いの？」

「夏場は王都から駅馬車で四日くらいだべ。危険な魔物が棲む大森林のそばの辺鄙《へんぴ》な村やが、村を拠点にしとる冒険者がぎょうさんおるし。大陸の西側にある国との唯一の交易路だで、駅馬車で王都と行き来できるんだわ」

駅馬車はカナーン村が終点で、村から隣国へ向かうには、C級以上の冒険者に護衛を頼んで自前の馬車で行くか、馬車持ちの冒険者に指名依頼して運んでもらうしかないそうだ。

カナーン村には大きな冒険者ギルド支部があり、村人の多くは、森の恵みと、冒険者向けの宿や装備品の販売で生計を立てているという。

森でのキャンプ用品は村で揃えられるから、差し当たって必要なのは、衣類と食料だ。

ようやく俺の番が回って来たので、串焼き肉を購入し、隣の屋台でスープも買って、広場のベンチに移動する。

早速肉を食べてみたが、筋張っていて硬い肉だ。臭みも強く、口に合わない。

スープの塩漬け肉も、下処理が甘い上に、塩分が強すぎて味のバランスが悪かった。

二つの屋台がたまたまハズレだったのか、庶民の屋台はどこもこんな感じなのか。

あるいは、料理文化があまり発達していない世界なのか――。

(もし後者なら、勇者たちは食事で苦労するかもな)

勇者とともに料理人が召喚されたのは、それが原因かもしれない。

本当に巻き込まれ召喚された可能性も捨てきれないが。

昼食後、俺は早速『レイド商店』へ行ってみた。

近隣の店の三倍はある大店で、入店すると、若い男性店員が笑顔で声をかけてくる。

「いらっしゃいませ。何かお探しですか？」

「今すぐ着られる冒険者用の衣類を探しています」

旅をするなら、目立たないのは行商人か冒険者だ。

冒険者になる予定はないが、服装で見分けがつくから変装しやすいし。

まさか召喚された料理人が、冒険者スタイルで他国へ逃げるとは思わないだろう。

店員は「こちらです」と、俺を男性冒険者向けの売り場へ案内してくれる。

お勧めコーディネートは、レースアップチュニックみたいな、胸元を紐で締める長袖リネンシャツ。夏物のベストやカーディガン。カーゴパンツ。革の軽鎧《ライトアーマー》。革手甲《アームカバー》。トレッキングブーツと革脚絆《ゲートル》。ナイフホルダーやポーションホルダーポーチなどを装備する革ベルトだ。

（おおーっ、カッコイイ！　広弥が喜びそうだな）

いくつか試着してみると、なかなか見栄えがよく、サイズもちょうどいいのがあった。

価格は文官に聞いた相場通りだ。

アウトドア用ナイフとポーションも扱っているから、ここで買っておくか。

「これ、装備品含めて一式買います。このまま着て帰ります」

下着と靴下を含む洗い替えも必要だから、服は五着ずつ、色やデザインを変えて買うことにした。

靴は三足ローテーションで履くため、二足追加だ。耐水・撥水《はっすい》・防水・防汚・防臭魔法が付与されているから、レインブーツは必要ない。

朝晩の防寒と雨除けを兼ねて、ブーツと同じ仕様のフード付きレザーマントも買おう。

アイテムボックスを使って身バレすると困るし。俺のアイテムボックスは小さいらしいから、風呂敷代わりの布と、買ったものや脱いだものを入れる大型リュックも必要だ。

会計を済ませ、ボディーバッグを前掛けにして、リュックを背負って店を出た。

レイド商店前の大通りから、駅馬車の看板と時計台が見える。

俺はまっすぐ駅へ向かった。

「すみません。カナーン村へ行きたいんですが、駅馬車の利用は初めてなんです」

チケット売り場の窓口にいる男性に声をかけると、利用方法を説明してくれた。

王都発の駅馬車は本数が多いから、カナーン村方面へ向かう便のチケットを買って、乗れる馬車に乗って移動すればいいらしい。

俺はカナーン村方面の宿場町行きの馬車に乗って、すぐに王都を出た。

揺れる馬車での長時間移動は結構きつい。

終点の宿場町で馬車を降り、案内所で風呂つきのお勧め宿を尋ねたが、庶民が泊まれるランクの宿はどこも風呂なしだった。料金は王都の相場の半額だ。

駅から近い宿にチェックインして、まずは一階にある食堂で食事をした。

夕食メニューは、ずっしりした硬くて酸味がある黒パン、塩をつけて焼いた肉、野菜と干し肉の塩味スープで、屋台飯《めし》同様、美味しいと思えない。

（……やはりこの世界の料理文化は、あまり発達してないのかも……）

空腹を宥《なだ》めるためだけの食事を終え、体を拭くために湯を買って二階の客室へ移動する。

「はぁ～疲れた！」

清拭を終えてベッドに倒れ込み、ホッとしたところで、ふと思い出す。

「……そういえば、【洋食屋見習い】のあとに小さく【＋5】って書いてあったけど、あれってなんだったんだろう？」

気になってステータス画面を呼び出し、確かめるように指先で文字に触れてみる。

するとと、折り畳まれていた隠し文字が出てきた。

【職業】洋食屋見習い
　製菓衛生士　菓子製造技能士　調理師　食品衛生責任者　ソムリエ
　異世界から召喚された『洋食屋ＮＩＮＯ』の後継者。
　異世界の召喚食材で作った料理に支援魔法を付与《ふよ》できる。
　見習い職は上位職の半分の経験値でレベルアップ可能。
　レベル９９が上限で、レベル１００を以《もっ》て、ステータス値を維持したまま、同系統の上位職にクラスアップできる。

＋５と表記されていたのは、俺が持っている料理人の国家資格と任用資格、民間資格だ。

職業の解説も一緒に出てきたけど――。

（洋食屋見習いって、普通の料理人じゃないのか？　異世界の召喚食材ってなんだよ？）

俺が持っているスキルの中で、特別なのはアイテムボックスくらいだ。

試しにタップしてみると、今度はこんな解説文が出てきた。


【アイテムボックス】

　通常、容量は魔力量によって決まるが、時空《じくう》魔法の適性のほうが優先される。

　異世界から召喚された料理人のアイテムボックスには、異世界食材の召喚機能と亜空間厨房が付属している。

スキル名をダブルタップすると、拡張機能選択画面が表示される——と書いてあったので、指示に従い、現れた七つの拡張機能のスキル名もタップして説明を読む。

【無限収納庫】レベルＭＡＸ

容量無制限。時間停止機能つき。生きている動物や病原体は入らない。

【召喚食品庫】レベル１

異世界（地球産）常温保存食材を召喚。（Ｗ《幅》３０×Ｄ《奥行》４０×Ｈ《高さ》１８０）

【召喚冷蔵庫】レベル１

異世界（地球産）要冷蔵・冷凍食材を召喚。（冷蔵室１００リットル・冷凍室５０リットル）

【召喚水サーバー】レベル１

異世界（地球）の名水を召喚。（採水地三カ所×１０リットル）

【召喚店舗倉庫】レベル１

異世界（地球）の洋食屋向け備品・消耗品を召喚。（半畳《はんじょう》）

【フードプロセッサー】レベル１

魔物や魔獣・獣の解体（サイズ上限なし）、肉や魚介類・野菜の下処理や用途に適した切り方ができる調理補助スキル。食材をそのまま入れて実行するだけ。

同じ切り方なら、複数の食材をまとめてカットし、無限収納庫で個別に保存できる。

レベル１の使用回数制限、一日一回。容量無制限。

【亜空間厨房】レベル１
調理用魔道具を備えた亜空間厨房。（一畳）
亜空間厨房内では、魔力量に関係なく魔道具を使える。（外界への持ち出し不可）

詳細説明によると、異世界食材や店舗用品の召喚庫は、ドアが閉まっている間は時間が停止しているが、亜空間厨房は時間停止機能が付いていない。

召喚庫は毎朝五時に未使用分が無限収納庫へ移動し、新たに召喚される。

召喚内容は、食材の旬《しゅん》や収穫時期、その日のお勧めで種類や産地が変わるらしい。

召喚水サーバーは、召喚量に応じて亜空間が広がる仕様だ。

アイテムボックスの拡張機能も亜空間厨房の魔道具も、魔法で維持管理されているため、メンテナンスや清掃は一切不要。

レベルが１０上がるごとにサイズアップして機能が向上し、召喚される品目・種類・数量や、亜空間厨房の魔道具が増えていく。

「……なにコレ凄い……。亜空間厨房って……俺が中へ入れるの？」

入ってみたいと思ったら、何もない場所に突然ドアが現れた。

恐る恐るドアを開け、中を覗いてみる。

入り口付近の壁面に立てかけられた、折り畳み式の木製ステップチェア。

奥に小さな折り畳み式の作業テーブル。

向かい側には、小型の魔道流し台と魔道一口《ひとくち》コンロ、レンジ台が一列に並んでいる。

レンジ台に置かれているのは、下段から順に、小型魔道冷蔵庫、魔道炊飯《すいはん》ジャー、小型魔道電子レンジ、魔道ミキサーと魔道コーヒーメーカー。

流し台の下は、ビルトイン魔道食洗器と、捨てたものが毎朝五時に自動消滅する亜空間ゴミ箱で、ゴミ箱とつながっている排水口はディスポーザーとしても使えるようだ。

コンロ脇には調味料などが置けるラックが設置され、コンロ周辺の壁面フックにはキッチンツールが、コンロ下や背面《はいめん》の吊り棚には調理器具が収納されている。

「これからはここが俺の厨房か……。厨房って言うより、独り暮らし用のキッチンだな。コンロはせめて二口《ふたくち》は欲しいんだけど、レベル上げってどうすればいいんだろう？　とりあえず、なんか作ってみる？　でも、どうやったら料理に支援魔法を付与できるんだ？そう言えば、【料理】ってスキルがあったたな」

スキル名をタップすると、予想通り、隠れていた解説文が表示された。

【料理】

料理人が異世界（地球）の召喚食材で作った料理に、自動的に付与魔法がかかる。

それを食べると一時的にステータスが上昇し、効果時間内に魔物との戦闘や治療行為を行うと、職業レベルやスキルレベルが上昇する。

異世界料理を食べた客（第三者）が獲得した経験値の50パーセントを獲得できる。

《料理スキルに付属した属性魔法一覧》

【付与魔法】

食材の組み合わせ次第で、料理に複数の魔法付与や、同じ魔法を重複付与できる。相乗効果で威力が倍増する。効果時間は八時間前後。個人差あり。

（お腹が空くと付与効果が切れるので、空腹を感じる前に食事することを推奨《すいしょう》）

付与魔法がかかった料理には、ポーションのような摂取制限や副作用は一切ない。

【時空魔法】

空間魔法スキルにより、ステータス画面をタッチパネルとして使用できる。

毎日自動的に異世界の食材・水・店舗用品を召喚する。

アイテムボックスの拡張機能や魔道具の時間と空間を自動調節する。

「俺がステータス画面に触れたのは、時空魔法スキルを持っているからか！」

ヘルディア王国の魔導師ベルコフは、ステータス画面に触れることを教えなかったんじゃない。おそらく今まで触れた人間がいなかったから、知らなかったんだろう。

俺のアイテムボックス拡張機能や、亜空間厨房内の魔道具を維持するために、電磁魔法・光魔法・闇魔法・風魔法・火魔法・土魔法・水魔法・氷魔法も使われている。

「さんざん『見習い』とバカにされて悔しい思いをしたけど……俺の『料理』って、どう考えてもすごいチートスキルじゃないか！」

俺は非戦闘員の料理人だが、付与魔法付きの料理を作って食べることで、時間制限付きとはいえ、ステータスを上昇させ、魔法を行使できる。

戦闘員に異世界料理を食べさせて、戦闘能力を底上げしてレベル上げさせれば、人数に比例したスピードで、俺のレベルも上がっていく。

レベルが上がれば付与魔法も強くなるし。一日に召喚される食材や水の数量も種類も増えていくから、そのうち兵士が大勢いても、俺一人で食事を賄《まかな》えるようになっていたはず。支援魔法というおまけ付きで――。

「これ、バレたら城に連れ戻されそうな気がする……。早く国外へ逃げないと……」

とはいえ、焦ってもなるようにしかならない。気持ちを落ち着けるためにも、明日の弁当を作ることにした。

「まず米を炊《た》くか」

米、出て来い！　と念じると、一キロの米袋が現れた。

「無洗米だから、そのまま使えるな」

魔道炊飯ジャーの内釜を取り出して米を入れたが、問題は水だ。

「召喚水サーバーは、どうやって使うんだ？」

言い終わるや否や、召喚水サーバーのコックとタッチパネルが目の前に現れる。

「このタッチパネルで使いたい水を選んで、水温と水量を指定すればいいのか」

水の種類は、三種類。

【霊峰《れいほう》富士の女神水《めがみすい》】採水地・静岡県《鉱水》超軟水（弱アルカリ性・バナジウム含有《がんゆう》）

【カシャの泉　奇跡の水】採水地・フランス《鉱泉水》硬水
【サン＝ガルミエ天然微炭酸水】採水地・フランス《鉱泉水》硬水（サルフェート含有）

「米を炊く水は軟水で、水温は五度。無洗米だから、水の量を多めにしないとね」

俺は召喚水を入れた内釜を魔道炊飯ジャーに戻して、タッチパネルで【白米】を選択し、炊き方は【普通】でスイッチを入れた。

『ご飯が炊けました』

「えっ!?　今スイッチ入れたばっかりなのに！　しかも音声ガイド付き！」

魔道炊飯ジャーの蓋を開けると、本当に、ふっくらとご飯が炊きあがっていた。

「これをおむすびにする前に、お茶を作って冷ましておくか」

作業台の上に耐熱ピッチャーと麦茶パックを取り出し、超軟水でお湯出しする。

ついでに、魔道流し台の超純水でも麦茶を作ってみた。

さらに紅茶を淹れ、保温保冷ボトルに入れて無限収納庫へ。

残った軟水でハイビスカス&ローズヒップティーを淹れ、抽出を終えた麦茶と一緒に小型魔道冷蔵庫へ。

「もしかして魔道冷蔵庫も、入れたら一瞬で冷えるのかな？」

予想は大当たり。温度や経過時間を設定できるから、冷蔵庫で生地を寝かせるのも、冷暗所で漬物を漬けるのも、リキュールを作るのも一瞬だ。

ハイビスカス&ローズヒップティーは、炭酸対応の保温保冷ボトルに移して、同量の冷たい微炭酸水とブレンドし、冷えたお茶とともに無限収納庫へ入れておく。

「次はおむすび作りだ」

同様の超時短電子レンジで、瞬間解凍した鮭《さけ》とたらこを調理してほぐし、具だくさんの鮭おむすび、たらこおむすび、梅干しおむすびを三個ずつ作った。

おむすび各種一個ずつを竹の皮で包んで弁当にして、残り六個は重箱に詰めておく。

「……ちょっと鑑定してみるか」

『料理鑑定！』と念じながらおむすびを見ていると、鑑定結果が脳内に浮かんできた。

【おむすび（海苔《のり》を巻いたもの。具材は梅・鮭・たらこ）】

七柱《ななはしら》の神が宿る米は、一粒万倍の金運と子宝に恵まれ、子孫繁栄する縁起物《えんぎもの》。

塩は穢《けが》れを祓《はら》い清め、福を呼び込む縁起物。

水を含む三つの神饌《しんせん》でできたおむすびは、『実を結ぶ』『良縁を結ぶ』という縁起物。

米料理は、料理に使った縁起物の数だけ、ステータスの【運】が倍加する。

縁起物を使った開運料理を百日間、毎日三食欠かさず食べ続けると、期間内に上昇した【運】の最小値がステータスに定着する。

《霊峰富士の女神水による加護》
◆山と火と酒造りを司《つかさど》る女神・木花開耶姫《このはなさくやひめ》の加護
基本ステータスの成長促進。レベルアップすると必ずステータスが上昇する。

効果時間内の全ステータス倍化。獲得経験値倍化。

水中移動能力上昇。溺水無効。高温耐性。火傷《やけど》・熱傷耐性と完全治癒再生。

空間認知と絶対方向感覚。アルコール耐性。酩酊《めいてい》・泥酔・昏睡《こんすい》からの回復。
◆愛と美、豊穣《ほうじょう》、戦い、魔法、生と死を司る女神バナジスの加護
全属性魔法の付与。魔法発動の補助。魔力操作能力強化。魔法発動時間短縮。

魔力練度向上。神聖魔法によるアンデッドの絶対防御と即死攻撃。即死耐性。

魅了魔法と魅了耐性。美容効果。治癒力・免疫力《めんえきりょく》上昇。健康増進。

《白米の付与効果》

体力・回復力上昇。

《海苔の付与効果》

海苔は「幸運」を願う縁起物。

細胞の若返りによる超回復と身体機能の向上。体をベストな状態へ戻す。

《具材／梅干しの付与効果》

梅干しは「皺《しわ》が寄るまで元気に過ごせるように」と願いを込めた縁起物。

細胞の若返りによる超回復と身体機能の向上。疲労回復。ストレス解消。

殺菌効果。美容効果。健康増進効果。

《具材／鮭・たらこの付与効果》

鮭は東日本の年取り魚。「災いを避け、成長して無事に帰る」縁起物。

たらこは「子孫繁栄」の縁起物。

筋力強化。物理攻撃力・物理防御力上昇。視力・動体視力向上・暗視効果。

なにこれすごい！　俺をバカにしたベルコフに見せてやりたいよ。連れ戻されたら困るから絶対見せないけど。っていうか、もう二度と会いたくないけど。

「それにしても、縁起物を使った開運料理を食べ続けることで運が上がるなんて、まるで願掛けみたいだな。俺の運勢、さっきまで『最悪』って感じだったから、毎日おむすびを食べたほうがいいかも。でもおむすびだけじゃ淋しいから、炊飯機でチーズケーキも作ろう」

俺は小学校三年生くらいから、電子レンジとミキサーと炊飯ジャーを使って、親の補助なしで、手軽にできるおやつを作ってたんだ。

材料を計って魔道ミキサーに入れ、泡立て具合を指定してスイッチを押すと、一瞬にしてチーズケーキのタネができる。

魔道炊飯ジャーは、『保温スイッチを切ると自動洗浄される』と音声ガイドが話していたが、蓋を開けると本当にきれいになっていた。

チーズケーキのタネを入れ、『ケーキ』を選んでスイッチを押せば完成だ。

「ケーキや飲み物も鑑定してみるか。ボトルのままでもいけるかな」

俺は無限収納庫に収納した飲み物を取り出して並べ、順番に鑑定していった。

【チーズケーキ】

全ステータス十パーセント上昇。

筋力強化。物理攻撃力・物理防御力・生命力・体力・回復力上昇の重複付与。

魔力操作・魔力練度・魔力循環向上。魔法発動時間短縮。必要魔力量減少。
治癒回復。身体機能強化。視力強化。動体視力向上。暗視効果。
【ハイビスカス&ローズヒップソーダ】１０００ミリリットル保温保冷ボトル入り。
《サン＝ガルミエ天然微炭酸水のブレンドによる祝福》
《霊峰富士の女神水による加護》
火・土・水属性魔法の耐性・親和性上昇。体力増強。魔力循環向上。
細胞の若返りによる大回復と身体機能向上。血行促進。新陳代謝上昇。
毒や老廃物の消滅。乗り物酔いの予防と回復。
女神水による加護との重複付与で、治癒力・免疫力上昇効果と酩酊耐性が高い。
三重複付与で、美容・健康増進・疲労回復・酩酊回復効果が高い。
《ハーブの効能》
ホルモンバランス調整。脂肪燃焼。過食抑制。代謝促進。浮腫《むく》み・眼精疲労解消。
【紅茶〈アールグレイ〉】５００ミリリットル保温保冷ボトル入り。
《霊峰富士の女神水による加護》
《紅茶の効能》

細胞の若返りによる回復と身体機能向上。疲労回復。ストレス解消。リラックス効果。集中力・記憶力・思考力を高める効果。指揮高揚。覚醒《かくせい》効果。魔力操作・魔力練度・魔力循環向上。魔法発動時間短縮。必要魔力量減少。慢性呼吸器疾患《しっかん》の寛解《かんかい》。流行性感冒《かんぼう》の感染阻止と治癒効果。

【麦茶】1000ミリリットル密閉ピッチャー入り。
《霊峰富士の女神水による加護》
《麦茶の効能》
解熱効果・殺菌効果・病魔耐性。デトックス効果・美容効果・健康増進効果。
体をベストな状態へ戻し、それを維持する効果。

魔道流し台の超純水で抽出した麦茶は、本当に付与効果なしの普通のお茶だった。
「召喚食材より、召喚水の《女神の加護》や《祝福》のほうが効果が高いんだな」
いろいろ鑑定してみて、召喚食材の付与効果も解ってきた。
蛋白質は、筋力強化系食材で、物理攻撃力や物理防御力、俊敏性がアップする。
炭水化物は、生命力、回復力、魔力、魔力回復力、体力がアップする。
脂質は、回復力、魔力量・魔力回復力・魔力攻撃力・魔力防御力がアップする。

ビタミン類は、治癒回復、身体機能向上、身体強化、視力強化、魔力強化の効果が付く。

ミネラルは、体をベストな状態へ戻し、それを維持する役割を果たす。

発酵食品は、魔力操作・魔力練度・魔力循環向上。魔法発動時間短縮。必要魔力量減少。

これらを踏まえてバランスよく食事すれば、全体的にステータスを上げられるだろう。

ちなみに調理に使った器具や食器は、魔道食洗器に入れてボタンを押せば、洗浄・乾燥・除菌・既定の場所への収納までが一瞬だった。

「ついでにフードプロセッサーで玉ねぎの櫛切り《くしぎ》を作って、ストックしておくか」

今日の分の玉ねぎをそのままフードプロセッサーに移して実行すると、自動的に皮が剥《む》かれ、魔法で洗浄された櫛切りができた。手間が省《はぶ》けて超便利だな。

◇
◆
◇

翌日、俺は宿でおむすびを食べ、デザート代わりにローズヒップ＆ハイビスカスソーダを少し飲んでチェックアウトし、朝イチの駅馬車に乗り込んだ。

昨日とは打って変わって、料理スキルの付与魔法効果ですこぶる体調がいい。

運のステータスを上げ続けるため、二回に分けておむすびを食べ、一日かけて行けるところまで移動して。

駅の案内所へおすすめの宿を聞きに行くと、俺の目的地であるカナーン村行きの急行馬車をキャンセルしている人がいた。しかも明朝出発する便だ。

「今キャンセルされたカナーン村行きの急行馬車チケット、買いたいんだけど」

俺の言葉に、窓口の係員が笑顔で言う。

「お客さん、運がよかったですね。カナーン村行きの馬車は一日一便だけなんです。通常、途中の駅で一泊して二日かかるんですが、完全予約制の急行馬車なら一日で着きますよ。出発は明朝四時四十五分。駅の夏季営業時間は朝五時から夜八時ですが、明日は四時半に待合室を開けますので、遅れないよう早めに来てくださいね」

俺は通常便の倍額で急行馬車のチケットを購入し、お勧めの宿を聞いて駅を出た。

宿にチェックインして夕食を摂り、今日も客室でお湯に浸して絞ったタオルで体を拭き、亜空間厨房で明日の弁当を作る。

まずは米を炊き、ジャスミン茶を淹れて鑑定してみた。

【茉莉花茶《モーリーファチャー》（ジャスミン茶）】５００ミリリットル保温保冷ボトル入り。
《霊峰富士の女神水による加護》
《茉莉花茶《モーリーファチャー》（ジャスミン茶）の効能》
恐れや不安、悩みを和《やわ》らげ、心身のバランスを整える。
媚薬《びやく》効果。閨《ねや》を共にする夫婦や恋人同士が飲むと、ムードを盛り上げ歓喜を促す。
女神の加護との相乗効果で子授《さず》け・安産効果が高く、不妊症でも子宝に恵まれる。
細胞の若返りによる回復。身体機能向上。疲労回復・ストレス解消。
リラックス効果。集中力・記憶力・思考力を高める効果。指揮高揚。覚醒効果。

ジャスミン茶の効能に、俺は思わず「おおぅ」と呻く。

「大丈夫かな、これ？　恋人いない俺が一人で飲むなら、妙な効果は出ないよね？」

味見してみたけど、特に問題なさそうだ。

「次は、抹茶ソーダを二種類作ってみよう」

無糖抹茶ソーダは、抹茶十グラムをぬるま湯にした軟水で練って、１０００ミリリットルの冷たい炭酸水で割り、レモン果汁を加えたら出来上がり。

加糖抹茶ソーダは、抹茶に砂糖を加えて練る。それ以外は無糖と同じだ。

どちらも少しずつ取り分けて、味見がてら鑑定してみる。

【抹茶ソーダ（無糖）】１０００ミリリットル保温保冷ボトル入り。
《霊峰富士の女神水による加護》
《サン＝ガルミエ天然微炭酸水のブレンドによる祝福》
《抹茶の効能》
殺菌効果による感冒《かんぼう》の感染阻止に絶大な効果を発揮。
細胞の若返りによる回復と身体機能向上。疲労回復。ストレス解消。
リラックス効果。集中力・記憶力・思考力を高める効果。指揮高揚。覚醒効果。
三重複付与で、毒や老廃物の消滅、二日酔いや乗り物酔いの予防と回復効果が高い。

加糖抹茶ソーダには、糖質による炭水化物の付与効果も上乗せされていた。

「抹茶を練るために少量使っただけで、女神水の効果もちゃんと出るんだな」

抹茶ソーダを無限収納庫へ仕舞い、お湯出し麦茶も作って冷やして仕舞う。

「次は明日のおむすびだな。おむすびばかりじゃ飽きるから、昼弁当はサンドイッチにして、おやつにミニおむすびも作るか」

朝食用おむすびは、鮭マヨネーズと塩昆布。ミニおむすびは、たらこと大葉《おおば》の混ぜご飯。

食べやすいようにおむすびをラッピングしてから、フードプロセッサーですべてのトマトをスライスし、トマト・レタス・キュウリの夏野菜サンドイッチを作った。

残ったスライストマトは、無限収納庫に保存しておく。

「チョコレートがあるから、炊飯器でガトーショコラも作ろう！」

できた料理を鑑定すると、塩昆布おむすびも、運十八倍の開運料理だったよ。

昔『広布《ひろめ》』と呼ばれていた昆布は『結婚披露宴《おひろめ》』の縁起物で、繁殖力が強いから『子生《こん》婦《ぶ》』として、『寿留女《するめ》』『勝男節《かつおぶし》』ともに、古くから結納品として贈られてきたんだって。

子生婦《こんぶ》や寿留女《するめ》は勝男節《かつおぶし》を掛け合わせると、『夫婦和合』で運倍加が付与されるんだ。

語呂合わせの『養老昆布《よーろーこぶ》』で健康長寿の縁起物でもあるし。戦国時代は『打ちアワビ《たたいてのばしたヒモノ》』『搗栗《かちぐり》』『昆布』で、『打ち勝ち喜ぶ』必勝祈願のラッキーアイテムだったらしい。

初物《はつもの》や縁起物ほどの効果はないけど、旬の食材も運を上げる食材なんだね。

作った料理の鑑定を終え、無限収納庫へ仕舞って、宿の部屋へ戻った。

◇◆◇

翌朝、四時を知らせる鐘の音で目覚め、おむすびと麦茶で手早く朝食を済ませた。

酔い止めの無糖抹茶ソーダを飲んで駅へ向かい、予約した馬車に乗る。

急行馬車は、出発時間も早いけど、スピードも通常より早い。その分揺れが増すから、乗り心地は最悪だ。

俺は抹茶ソーダのお陰でダメージはないけど、ほかの乗客五人は大変そう。

夫婦らしき二人連れの女性のほうは、馬車酔いした挙句、揺れた拍子に頭をぶつけてしまったんだ。

次の駅で馬を替えている間に、俺は加糖抹茶ソーダと小さな試飲用の紙コップを取り出し、自分が飲むついでという態《てい》で、ぐったりしている女性に同じものを差し出した。

「よかったらこれ、飲んでください。乗り物酔いに効きますよ」

「ご親切に、ありがとうございます。もしかしてこれ……回復ポーションですか？」

「いえ、回復効果のあるお茶を、乗り物酔いに効く炭酸水で割ったものです」

お茶と聞いて遠慮なく受け取った女性が、抹茶ソーダを飲んで驚きに目を見開く。

「あら、しゅわしゅわして甘くて美味しい。本当にポーションじゃないのね。でも急に体が楽になって、ぶつけたところも痛くなくなったんだけど……」

「緑茶は昔、薬として飲まれていたこともあるそうですよ」

一人だけ特別扱いするのも気まずいので、同乗者全員に振舞った。

最後の人が抹茶ソーダを飲んだ瞬間、性別不明の無機質な声が脳内で響く。

『急行馬車の乗客五名に【抹茶ソーダ（加糖）】を提供。

乗り物酔いと軽微な負傷が完治し、治療行為による経験値を獲得。

異世界料理五種による獲得経験値倍加の重複付与により、経験値が十倍になります。

レベルが1上がりました。【洋食屋見習い】レベル2』

まさかこんなことでレベルが上がるとは思わなかった。

しかも『異世界料理五種』ってことは、抹茶ソーダ無糖と加糖は別物としてカウントされるんだな。

ちなみに午後のおやつタイムに抹茶ソーダを振舞ったときは、何も起きなかったよ。


俺は予定通り、夜には無事目的地へ到着し、宿にチェックインした。

カナーン村は田舎だからか、冒険者向けの宿だからか、宿代が安い。

建物は昨日までの宿より簡素だが、料理の味はこちらのほうが上だ。食材の鮮度がいいんだろう。特にデザートの桃っぽい果物が瑞々《みずみず》しくて美味しい。

夕食後、部屋で体を拭いてから、ステータスをチェックしてみた。

【名前】新野友己　【年齢】二十八歳

【職業】洋食屋見習い＋5
【称号】召喚されし者　異世界の料理人
【レベル】2
【生命力】36（187）
【回復力】36（187）／23h52min（21h35min）
【魔力】36（179）
【魔力回復力】36（179）／23h52min（21h31min）
【物理攻撃】18（103）【物理防御】18（103）
【魔法攻撃】18（107）【魔法防御】18（107）
【体力】13（80）【俊敏性】11（70）
【技術力】15（90）【運】10（361）
【神の恩寵】言語翻訳　アイテムボックス　調理補助
【スキル】料理1　食材・料理鑑定1
※（）内は付与魔法による現在のステータス

「うわ、抹茶ソーダを五人に飲ませただけなのに、レベルが1上がった上に、ステータスもちょっと上がってる。技術力なんて、最初はゼロだったのに……！」

もしかして、作った料理の数だけ技術力が上がるのかな？

「検証がてら、保存用の料理や飲み物を作っておくか」

今日はフードプロセッサーで、大量に玉ねぎとニンジンをみじん切りにして、炒飯《チャーハン》とチキンライスを作った。

飲み物は、玄米茶、ダージリン、アイスミルクティー用のウバと、抹茶ソーダ無糖と加糖、麦茶、ブルーマウンテンコーヒーにしよう。

魔道コーヒーメーカーはドリップ式で、コーヒー豆と召喚水をセットすれば、焙煎《ばいせん》から全自動で瞬時にやってくれる優れものだ。

作った飲み物を色違いの保温保冷ボトルに詰め、もう一度ステータスを確認してみた。

「やっぱり技術力が15から21に増えてる。銘柄《めいがら》違いの紅茶はカウントされ、抹茶ソーダと麦茶はカウントされてないから、『初めて作った料理』が技術力アップの条件だな」

今後もいろいろ作って、技術力を上げていこう。

2. ヘルディア王国からの脱出

この世界に召喚されて、今日で四日目。

俺は朝食後にギルドへ向かい、依頼者専用窓口で、Cランク以上の馬車持ち冒険者パーティーに『隣国までの護送依頼』を出した。

身バレしたくないから、依頼人名は『新野《にいの》』ではなく『NINO《ニーノ》』にしている。不思議なことに、全然違う単語に変換されるんだよね。漢字とアルファベットの違いかな？

報酬は相場より少し高めに設定し、『依頼人の個人情報を漏洩《ろうえい》しないこと』を契約条件に盛り込んだ。

できるだけ早く隣国へ向かいたいので、依頼を受けてくれる冒険者パーティーが見つかり次第、宿に連絡が来るよう手続きして、ギルドに併設されている売店へ立ち寄った。

料理人用アイテムボックスがあるから、野宿するのに必要なのはテントと寝袋だ。

店員に尋ねたところ、一人用テントも、二人用テントも売り切れていた。

森で野営する冒険者は四人パーティーが基本で、最大六人だから、小型テントは仕入れ自体が少ないそうだ。

職人の店へも足を運んでみたが、こちらも小型テントは在庫切れ。製作には二週間ほどかかるらしい。

大は小を兼《か》ねるというし。いつでも出発できるよう準備しておきたいから、今すぐ買えるテントで間に合わせることにした。

魔物に襲われる危険があるからか、寝袋は製造されてない。

代わりに毛布二枚を買って、宿の部屋へ戻った。


ギルドからの連絡を待つ間、俺にできるのは、亜空間厨房に籠《こも》って、移動中にすぐ食べられる料理を作っておくことくらいだ。

「まだ硬水を使ってないし。パエリアでも作るか」

ふっくらしたご飯や、旨味《うまみ》のある出汁《だし》が決め手の料理は軟水がいいけど、パラっとしたご飯や、煮込み料理には硬水が合う。

出来上がったパエリアは、パエリア鍋ごと無限収納庫に仕舞った。

「毎日店舗倉庫に圧力鍋が召喚されてるから、今日はフードプロセッサーをジャガイモの皮むきに使って、煮込み料理を作るか」

ビーフシチュー。クリームシチュー。カレー。ポトフもいいな。

パスタも硬水で茹《ゆ》でると、コシが出て美味しく仕上がる。

ちなみに硬水の付与効果はこんな感じだ。

【カシャの泉　奇跡の水】
ミネラルをバランスよく適度に含む中性水。
健康な人の体液のPh値に近く、飲用でも経皮吸収でも優れた効果を発揮する。
《泉の奇跡》
効果時間内の生命力・魔力・回復力・魔力回復力倍化。
超回復効果によるステータス値全回復。疲労・負傷・疾病全回復。
治癒力・免疫力・新陳代謝《しんちんたいしゃ》上昇。若返り・成長による身体能力向上。
病魔無効。状態異常無効。状態異常回復。美容効果。健康増進。

魔道コンロは火力や加熱時間を設定できる調理タイマーつきだから、煮込み料理を作りながら、サラダやサンドイッチなど、火を使わない料理を作っていく。

自家製ハーブソルトや、自家製たれ、ソースなどの調味料も作っておくと便利だろう。

いろんな具材のおむすびや漬物、乾物を混ぜた味噌玉《みそだま》も作ることにした。

「味噌玉は、出汁も出るから、鰹節と塩昆布は必須だな。野菜も採れるよう、切り干し大根と、干し人参、干し葱《ねぎ》でも入れてみるか」

調理用手袋をはめて味噌と具材を丸め、できた味噌玉を鑑定してみた。

「よしっ！　鰹節と塩昆布を入れたから『夫婦和合で』、運倍加が付与されてるよ！」

鰹節は、背中側を雄節《おぶし》、腹側を雌節《めぶし》というから、語呂合わせで『鰹夫婦節《かつおぶし》』とも呼ばれる『夫婦和合』の縁起物。『勝男武士《かつおぶし》』と書いて、武士の報奨品《ほうしょうひん》にも使われてたんだって。

昆布も、お節《せち》に使う根菜や香味野菜も縁起物で、干し野菜は旬の野菜を干している。

味噌は『味噌をつける＝失敗して恥をかく』という言葉から、結婚などの祝い事では『縁起が悪い』と嫌われるけど、米味噌の材料は神饌《しんせん》と同じ食材だし、白味噌仕立ての雑煮もある。紅白味噌を年末年始の挨拶代わりに贈ることもあるから、縁起物と言えなくもない。

丸い形も縁起物だから、味噌玉は、運十倍の開運料理だ。

五種類ほど具材を替えて味噌玉をたくさん作り、種類ごとにギフト用のトリュフケースに入れ、アイテムボックスに仕舞った。

「デザートやおやつも欲しいな」

炊飯器で、違う種類のケーキもいくつか作っておこう。

もち米も小豆《あずき》もあるから、おはぎも作ることにした。

「外国人は『甘い豆』が苦手な人も多いから、つぶ餡《あん》よりこし餡のほうが無難かな？」

魔道ミキサーでつぶ餡をこし餡にして、こし餡ときな粉《こ》、二種類の牡丹餅《ぼたもち》を作って鑑定してみると、これも運倍加が重複付与される、『五穀《ごこく》豊穣・招福万来《ばんらい》・無病息災・魔除《まよ》け』の縁起物だった。

「春はこし餡で【牡丹餅《ぼたもち》】、秋は粒餡で【おはぎ】っていうのは知ってたけど、夏は【夜船《よふね》】、冬は【北窓《きたまど》】っていうんだな」

残ったパンの耳は揚げ菓子にして、ついでにフライドポテトやから揚げ、天ぷら、フライなどのサイドメニューや、飲み物も作り置きしておいた。

これで、いつ旅に出ても大丈夫だ。

◇

◆

◇

翌日、目覚めの味噌汁で運を倍加して、宿の朝食を食べていると、冒険者ギルドから使いの者が来た。依頼を受けてくれる冒険者パーティーが見つかったようだ。

俺は急いで食事を済ませ、旅支度をして宿をチェックアウトした。

ギルドへ着くと、担当の受付嬢が、冒険者パーティーを紹介してくれる。

「ニーノさん。こちらが、護送依頼を引き受けてくれたBランクパーティー『銀狼の牙』の皆さんです」

Bランクは、カナーン冒険者ギルド支部では最高位のパーティーらしい。

「初めまして。俺は『銀狼の牙』のリーダーをしている、双剣使いのオリバーだ」

オリバーは長身細マッチョで、牡ライオンの鬣《たてがみ》みたいに逆《さか》立った金髪に、野生的なアンバーの瞳をしている。

「サブリーダーで、盾戦士のヒューゴだ」

ヒューゴは大柄で厳つい短髪マッチョだ。濃い茶髪に濃褐色の瞳で、笑うと人懐っこい大型犬みたいな印象に変わる。

「斥候《せっこう》兼支援攻撃役のジェイクだよ」

ジェイクは四人の中で一番小柄で若そう。赤毛に緑の瞳。弓と短剣を装備している。

「魔法師のノアだ」

ノアはいかにも魔法使いっぽいローブを着て、長い髪を後ろで結わえた、北欧系美青年だ。色白で、プラチナブロンドに、とても珍しい紫色の瞳をしている。

おそらく、みんな俺より少し若いか、同年代だと思う。

でも、日本人は西洋人より若く見えるらしいから、向こうは俺を年下だと思っているんじゃないかな。

「ニーノです。依頼を引き受けていただき、ありがとうございます」

挨拶を終えると、リーダーのオリバーが代表して俺に言う。

「そう畏《かしこ》まらないで、普通に話してくれればいい。うちのパーティーが持っているのは、魔馬が引く幌《ほろ》付きの荷馬車だ。乗り心地はあまりよくないが、魔馬のお陰で雑魚《ざこ》魔物は寄ってこないし。いざというとき逃げ足が速い。基本的には普通の馬と同じスピードで走らせるから、森で二泊か三泊する予定だが、出現する魔物や森の状況で、若干長引くかもしれない。そのつもりでいてくれ」

「解りました。隣国までよろしくお願いします」

俺たちはギルドを出て、『銀狼の牙』が所有する馬車に乗りこんだ。御者を務めるのはサブリーダーのヒューゴで、御者席の右側に斥候のジェイクが座っている。

村を出て、しばらく進むと関所《せきしょ》があり、冒険者たちはギルドカードを提示し、身分証明書のない俺は旅行者として通行税を払って、森の中へと進んでいく。

深部に危険な魔物が棲むこの大森林は、隣国との緩衝《かんしょう》地帯で、入り口付近はカナーン村の冒険者ギルドが管理しているが、正確にはどこの国の領土でもないらしい。

馬車が通りやすいように雑草を抜き、石を拾い、地面を均《なら》して整地されていた道は、次第にガタつく踏み分け道に変わっていった。

初日よりステータスが上がったし、味噌汁で底上げもしてるけど、悪路で荷馬車の揺れが増している。ソーダを飲んでくるのを忘れたから結構きつい。

「この辺りは森の実りが多くて、普通の獣しか出ないから、村の猟師や低ランク冒険者の狩場になっているんだ。近くに川があるから、そこで休憩しよう」

馬車を降りると、確かにそれらしき人の姿がちらほら確認できる。

水辺でヴィントという名の魔馬を放して休憩することになり、俺はリュックから出すふりをして、加糖抹茶ソーダ入りのボトルと、試飲用の小さい紙コップを人数分取り出した。

「これ、乗り物酔いに効果があるので、よかったら、みなさんも飲みませんか？」

「それはポーションか？」

「いいえ。緑色のお茶を炭酸水で割ったものです。美味しいですよ」

少量ずつ紙コップに注いで配ると、みんな若干引き気味で戸惑っている。

「これ……ほんとに美味しいの？」

「……とにかく、飲んでみよう」

意を決して、という感じで真っ先に飲んだオリバーが、驚いた様子で目を瞠った。

「美味い！　色はポーションや煎じ薬みたいだが、すっきり爽やかな甘さで、エールみたいにしゅわっとする！」

「甘いのは、砂糖を入れているからですよ」

「砂糖だって!? そんな高価なものを使ってるのか!?」

砂糖入りと聞いて、ほかのみんなも抹茶ソーダに口をつける。

「ほんとだ! 甘くて美味しい!」

「オレ、こんなの飲んだの初めてだ!」

「甘味は貴重品で、庶民が口にすることは滅多にないからな」

ノアとジェイクは甘党なのか、今にもとろけそうな表情だ。

ヒューゴも気に入ってくれたようで、目を細め、口元を綻ばせている。

「じゃあ、一服するついでに、みんなで午前のおやつにしましょう」

俺はリュックの中に手を入れて、無限収納庫から紙製の折箱一つと、淹れたての玄米茶入り保温ボトルを取り出し、折箱の蓋を開けて見せた。

「これは季節ごとに名前が変わる甘いお菓子で、一般的には牡丹餅って言います」

牡丹餅は取りやすいよう、一つずつ浅口のグラシンカップに入れてある。それを紙皿に取り分け、黒文字《くろもじ》代わりの使い捨て木匙《きさじ》を添えて配った。

お茶は熱いので、紙コップに長湯呑型の木製ホルダーをつけて手渡す。

「ありがとう、ニーノさん」

「いろいろもらって悪いな」

「こっ、これ、すっごく美味しい! なんだか不思議な甘さ……」

「こんなに美味しい甘味が食べられるなんて……！」

ノアは木匙でちょっとずつ大事そうに食べているが、ほかの三人はグラシンカップを手で持って、直接口に運んで齧っている。

和菓子が苦手な外国人は多いけど、異世界人には喜んでもらえて嬉しい。


俺たちは再び馬車に乗り、森の中を走り続けた。

太陽が中天に差し掛かろうとしているのを確認して、オリバーが言う。

「そろそろ昼時だな。この辺りで休憩しよう」

まずはオリバーとジェイクが周囲を偵察し、問題なしと解ってから、ヒューゴが魔馬を馬車から放す。

「そこの木陰で昼飯にするぞ」

馬車から降りて案内されたのは、夏の日差しを遮る大木の下。

堂々と美味しいものが食べたいから、俺は腹を括って声をかけた。

「あのっ！　皆さん、依頼内容に『依頼人の個人情報を漏洩《ろうえい》しないこと』という条件があったの、覚えてます？」

「ああ。犯罪に関わることでなければ、契約内容は必ず守るぞ」

オリバーが代表して答え、他の三人も頷いて同意する。

「では、今から目にすることは、他言無用でお願いします」

俺はそう念押しして、無限収納庫から折り畳みテーブル二台と、人数分の折り畳み椅子を取り出し、木陰に広げていく。

「ニーノさん、アイテムボックス持ちなんだ……」

ジェイクの呟きは、メンバー全員の心の声だろう。みんな目を瞠ってこっちを見ている。

「面倒事に巻き込まれたくないから、隠しているんです。俺は料理人なので、口止め料として、移動中の食事はご馳走しますよ」

俺はアイテムボックスから、三種類の籠盛りサンドイッチと、山盛りのフライドポテトやディップを取り出し、テーブルの上に並べた。

サンドイッチはワックスペーパーで包んで真ん中でカットし、切り口を見せて彩りよく盛り付けている。

それを見て、ジェイクが満面の笑みを浮かべて言う。

「うわっ、美味そう！　これ何？」

「パンにいろんな具材を挟んだ、サンドイッチっていう料理ですよ」

するとオリバーが驚いた顔で聞き返す。

「えっ？　この白いの、パンなのか？」

「ええ。この辺りでは、全粒粉や全粒ライ麦粉と、ライ麦から起こした自家培養発酵種《サワードウ》を使った、酸味のあるずっしりした茶色いパンしか見かけないけど――俺が生まれ育った国では、外皮を削って製粉した良質な小麦粉と、酸味を抑えたパン酵母《イースト》を使った、ふんわり軽くて柔らかい白いパンが主流なんです」

「材料から拘って作ったパンなんだね」

「具材も拘って作りましたよ。これはスクランブルエッグサンドイッチ。これはキャベツとハムのサンドイッチ。これはベーコン・レタス・トマトを使った、ＢＬＴ《ビーエルティー》サンドという略称の定番サンドイッチです」

　冒険者たちがサンドイッチを見て笑い合う。

「まさか移動中に、こんな豪華な食事にありつけるとは思わなかったよ」

「まったくだ。普通は堅パンと干し肉に、ナッツやドライフルーツくらいだからな」

「この仕事、引き受けてよかったね！」

「俺はボタモチを食べたときからそう思ってた……」

　ノアは牡丹餅の味が忘れられないようだ。

「飲み物は、アイスティーを用意しました」

　俺は濃い目に淹れたウバの入ったボトルと、アイスペール、大きめの紙コップ五個を取り出し、紙コップに氷を入れていく。

この世界では氷は珍しいものなのか、今度はノアが俺に尋ねる。

「ニーノさん、もしかして氷魔法が使えるの？」

「いえ。これは製氷魔道具で作った氷です」

というのは方便《ほうべん》で、実は召喚冷凍庫にあったコンビニのロックアイスだ。

「ミルクティー用に濃い目に淹れた紅茶なので、お好みの量のミルクとシロップを入れてください。ミルクが苦手な方は、濃過ぎるようなら冷水で薄めたほうがいいかも」

説明しながら、紅茶を均等に注ぎ分け、冷水、ミルク、シロップを入れたピッチャーと、紙ナプキンで包んだ木製マドラーやフォーク、おしぼりをテーブル上に並べていく。

なぜか呆然としていたノアが、ハッと我に返って言う。

「ちょっと待って！　紅茶って、エポーレア大陸では栽培できない高価な輸入品だよ⁉」

「そうなんですか？　俺の故郷では、緑茶のほうが生産量が多くて恒常的に飲まれてるけど、紅茶も栽培されていますよ。国産紅茶も外国産も値段はピンキリで、庶民も気軽に飲んでいました」

「そうなんだ……。ニーノさん、遠い国から来たんだね」

遠い国どころか、異世界だ。召喚機能付きのアイテムボックスがなければ、こんなランチは用意できなかった。

「さあ、皆さん。どうぞ席について、おしぼりで手を拭いてから食べてくださいね」

「ありがとう。いろいろあって、どれから食べるか迷うな」

「俺はこれ！」

真っ先にスクランブルエッグサンドを手にしたジェイクが、一口食べて瞳を輝かせる。

「うわぁ！　このパン、ホントにふんわり柔らかい！　玉子もふわふわで、赤いソースもすっごく美味しいよ！」

赤いソースはケチャップだ。

オリバーとヒューゴも、サンドイッチを一口食べて、満足げな笑みをこぼす。

「このベーコンって肉、カリカリで美味いな。こんな美味いもの食べたことない」

「キャベツとハムのサンドイッチも美味いぞ！　初めて食べる味だ」

塩もみキャベツとハムは、マヨネーズとマスタードと粗挽《あらび》き胡椒で和えている。

ちなみに俺もまだこの世界では、ケチャップも、マヨネーズも、マスタードも、お目にかかったことがない。

大の甘党らしいノアは、まずミルクティーにたっぷりミルクとシロップを入れ、ティーマドラーでかき混ぜて飲んだ。

「ミルクティー、豊潤《ほうじゅん》で甘くてまろやかでコクがあって冷たくて美味しい～！」

嬉しそうに笑みを浮かべてうっとりしてから、サンドイッチにも手を伸ばす。

俺も「いただきます」と手を合わせて食事を始めた。

みんな結構早食いで、次々とサンドイッチが彼らの腹の中へ消えていく。

冒険者パーティーが最大六人と聞いて、各種七個ずつ作ってきたから、二個ずつあまる。

誰がそれを食べるか、冒険者四人で揉め始めたので、残ったサンドイッチは半分に切って十二個にして、じゃんけんで決めてもらった。この世界でもじゃんけん、あるんだね。

まだ少し物足りない顔のヒューゴが、サイドメニューの紙皿を指さして俺に尋ねる。

「この棒状のものはなんだ？」

「フライドポテト。オリーブオイルで揚げて、塩をまぶしたジャガイモです」

「ジャガイモって、毒があるんじゃ……」

「芽とその周辺や、光に当たって緑色になったところには毒があるけど、保存方法に気を付けて、芽の周辺を大きめに取り除いて、皮を剥いて調理すれば安全に食べられますよ。俺は食材や料理を鑑定するスキルも持っていますから、安心してください」

俺がポテトを食べて見せると、ヒューゴは半信半疑で躊躇いながら、恐る恐るフォークで一つ口に入れた。

「これがジャガイモだと!?　こんなに美味いものだったのかっ！」

それを聞いたほかのメンバーも手を伸ばし、食べた途端、笑顔になって口々に言う。

「ほっ……ホントに美味い！　美味すぎるぞフライドポテト！」

「ジャガイモって、観賞用の花じゃなかったんだ……」

「オレ、ジャガイモは飢饉《ききん》のときの非常食だと思ってたよ！　ちゃんと料理すれば、こんなに美味しく食べられるんだね！」

そういえば地球でも、昔はそんな認識だったらしい。味も今ほど美味しくなかったとか、調理法が判らなかったとか、修行時代に聞いたことがある。

「チーズ、ケチャップ、マスタードのディップソースをかけても美味しいですよ」

「「「ホントだ！　美味ぁ～い!!」」」

たとえここが異世界でも、こうしてみんなでワイワイ食卓を囲んでいると楽しい。

魔馬ヴィントは少し離れたところで、黙々と草を食《は》んでいる。長閑《のどか》だ。

「いい天気だし。まるでピクニックしてるみたいですね」

思わず暢気なことを呟いた俺に、オリバーが苦笑交じりに言う。

「この辺りはまだ危険な魔物は出ないが、森の深部は結構ヤバめのヤツもいるから、油断しないでくれよ」

そこでノアが、突然俺のほうを指さし、緊張した声で叫んだ。

「ニーノさん、動かないで！《突風《ガスト》！》《燃焼《バーン》！》」

俺の肩先を突風が吹き抜け、風に攫われた何かが空中で燃えた。

聞き覚えのある性別不明の無機質な声が、脳内で響く。

『異世界料理を食べた冒険者が、Ｆランクのスライムを一匹討伐しました。

経験値倍加の重複付与により、冒険者が八倍の経験値を獲得。

冒険者が獲得した経験値の五十パーセントを獲得しました。

経験値倍加の重複付与により、獲得した経験値が十倍になります。

レベルが3上がりました。洋食屋見習いレベル5』

フリーズしている俺に、ノアが回収した魔石を見せ、事情を説明してくれる。

「これはスライムの魔石。木の上からスライムが落ちてきたんだよ。火で簡単に倒せる魔物だけど、斬撃も打撃も効かないし。顔に貼りつかれたら、窒息することもあるんだ」

「武器や防具に貼り付かれても厄介だぞ。ようやく剥がれたときには溶かされてた」

「基本的にはFランクの弱い魔物だけど、斬ったら増えるし。たまに上位種に進化するスライムや、毒や強酸を飛ばして攻撃してくる特殊固体もいるしな」

「小さいの一匹くらいならどうってことないけど、あいつら合体するし。大きいヤツに丸呑みにされて窒息したら、時間をかけて骨まで溶かされちゃうじゃん？」

「怖ッ！　スライム怖ッ!!　充分危険な魔物じゃないか！」

魔物がいる異世界なのに、俺には身を守る術《すべ》がない。

「……俺、魔法使いの素質はあるらしいんだけど、どうすればノアさんみたいに魔法を使えるのかなぁ？」

「俺は高等魔法学院へ通ったけど、冒険者ギルドでも、冒険者に初級魔法の詠唱を教えてるよ。でも、呪文を詠唱すると発動までに時間がかかるし。対人戦だと、どんな魔法を使うか相手に知られて防がれちゃうから、魔法学院では詠唱を省略して、キーワードだけで発動するよう訓練するんだ。大事なのは、しっかりイメージすることかな。アイテムボックスを使うみたいに、使いたい魔法をイメージしながら、声に魔力を載せて、魔法発動の鍵となる言葉を唱える訓練をすれば、魔法が使えるようになるかもね」

「なるほど。試しに、さっきノアさんが使った風魔法を練習してみます」

声に魔力を載せるというのがよく解らないが、ノアが起こした突風を脳内リプレイしながら、発動するよう強く念じて「《突風《ガスト》！》」と唱えてみる。

一応魔法は発動したが——。

「……突風というより、優しいそよ風だ……」

ヘコんでいるとノアが言う。

「凄いよニーノさん！　普通は見様見真似で練習しても、一度で魔法が発動することは滅多にないんだ！　練習すれば威力が上がって、攻撃魔法も使えるかもしれないよ！」

絶対使えるようになってやろうじゃないの。

昼休憩を終え、馬車に乗って森を走り、頃合いを見計らって、再び休憩を取った。

俺はアイテムボックスから取り出したテーブルの上に、きなこ牡丹餅と、氷入りの無糖抹茶ソーダを人数分用意して声をかける。

「みなさん、午後のおやつにしましょう」

俺が準備を始めたときからそわそわしていた冒険者たちが、いそいそとテーブルの周りに集まってきた。

「この抹茶ソーダは砂糖抜きで甘くないけど、きなこ牡丹餅が甘いので、牡丹餅を食べながら飲むとちょうどいいと思います」

きなこ牡丹餅と無糖抹茶ソーダも大好評。

ノアとジェイクは、グラシンカップに残ったきなこまで食べていた。

事件が起きたのは、おやつ休憩を終えて、馬車に戻ろうとしたときだ。

頭に一本角が生えた兎《うさぎ》が、すごい勢いでこっちへ跳んできた。

「うわっ！」

角で刺されるかもしれない。そう思って焦った俺と角兎の間で、オリバーの剣が閃く。

斬られた角兎は、絶命したようだ。

「なんだか今日はやけに体が軽いな。ホーンラビットの素早い動きが遅く感じる」

「そのホーンラビット、ゴブリンに追われて逃げてきたみたいだぞ」

機敏に矢を番えたジェイクが、獲物を横取りされて怒った様子で駆けてくる小鬼たちを、見事な連射で仕留めた。凄い早業《はやわざ》で、矢のスピードも異様に早い。風魔法の付与かも。

戦闘終了後、また脳内に無機質な声が響く。

『異世界料理を食べた冒険者が、Ｆランクのホーンラビット一羽と、Ｆランクのゴブリン五体を討伐しました。

経験値倍加の重複付与により、冒険者が十二倍の経験値を獲得。

冒険者が獲得した経験値の五十パーセントを獲得しました。

経験値倍加の重複付与により、獲得した経験値が十二倍になります。

レベルが９上がりました。洋食屋見習いレベル１４

レベル１０達成ボーナスで、アイテムボックスの拡張機能がレベルアップしました』

見ていただけでレベルが上がって、アイテムボックスの拡張機能まで向上したようだ。どんなふうに機能アップしたのか気になるが、今は人目があるから確認できない。

「ニーノさん。討伐証明部位を切り取るから、ちょっと待ってくれるか？」

「いいですよ。俺のアイテムボックスは時間停止機能付きで、容量に余裕があるから、丸ごと預かることもできますけど、ここで解体しますか？」

「いや。そういうことなら丸ごと預かってもらって、すぐに出発しよう」

ホーンラビットとゴブリンを回収して、俺たちは馬車に乗ってさらに奥へ進んだ。

夕方（といっても日没まで二時間以上あるが）、危険度の高い森の深部に入る手前の野営地に着き、オリバーが水場で魔馬の世話をしている間に、テントを建てることになった。

（……俺、ポップアップテントしか使ったことないんだよな）

異世界で買ったテントは、ケースから出すだけでは完成しない。

勝手がわからず、オリバーたちに設営を頼んで、俺は夕食の準備をすることにした。

アイテムボックスから折り畳みテーブルセットを出して広げていると。

「ワイルドボアだ！　ワイルドボアが二頭出たぞ！」

ヒューゴの声で、俺の護衛を任されたジェイク以外は現場へ向かう。

夕食準備の手を止めて様子を伺っていると、しばらくして、またあの声が頭の中で響く。

『異世界料理を食べた冒険者が、Dランクのワイルドボア二頭を討伐しました。

獲得経験値倍加の重複付与により、冒険者が六倍の経験値を獲得。

冒険者が獲得した経験値の五十パーセントを獲得しました。

獲得経験値倍加の重複付与により、獲得した経験値が六倍になります。

レベルが8上がりました。洋食屋見習いレベル22。

レベル20達成ボーナスで、アイテムボックスの拡張機能がレベルアップしました』

ヒューゴの加勢に行ったオリバーが、こちらへ駆け戻ってきて言う。

「すまない、ニーノさん。今狩ったワイルドボアも、アイテムボックスで回収してもらえないか？　こいつの肉は高級食材で、特に牝は高値で売れるんだ。リファレス王国のギルドまで運んでくれたら、荷運人《ポーター》としての手数料を支払う」

了承し、案内されて現場に向かうと、巨大な二頭の猪型魔獣が斃されていた。

食材鑑定によると、どちらも春に出産してない若い牝で、とても美味しい食材らしい。

「できればワイルドボアの肉は、俺に買い取らせてもらえませんか？」

交渉して、相場の買取価格で肉を譲ってもらい、毛皮などの素材は、手数料なしでギルドで引き渡すことになった。

早速アイテムボックスに収納し、野営地に戻ってフードプロセッサーで解体してみる。

『ワイルドボア二頭の解体が終了しました。

有害な微生物や寄生虫は、無限収納庫に収納する際、すべて除去されています。

肉は完全に血抜きして、魔法で浄化しました。

レベル20を超えたため、フードプロセッサーの一日の使用制限が三回に増えました』

ってことは、あと二回使えるわけだ。

下処理なしですぐに肉を使えるなら――。

「せっかくだから、今夜はワイルドボアで焼き肉パーティーしましょう」

俺の呟きに、ジェイクが驚いた顔をする。

「えっ!?　ニーノさん、大型魔獣の解体できるの？　できたとしても、さすがにこれから解体して食べるのは無理でしょ？」

「いえ。もう、料理スキルで解体しましたよ」

「……凄いな、料理スキル。あの大型魔獣を、あっという間に解体できるなんて……」

呆気《あっけ》に取られたジェイクの顔は、かつての俺を見ているようだ。

俺はいろんな部位の肉を合計五キロほど、フードプロセッサーで焼き肉用にカットして筋切りし、部位別に無限収納庫に仕舞う。

続いてアイテムボックスから、卓上七輪セットを五組取り出し、火起こし器で備長炭に火を点けた。

「炭に火が回るまで、前菜やスープを食べながら待ちましょう」

そして冷たい麦茶とともに、作り置きしていた前菜の皿をサーブする。

「これは、ガーリックトーストに具材やソースを載せた『ブルスケッタ』という料理です。これはトマトで作ったケッカソース。これはタコとジャガイモをバジルのソースで和えたもの。これはピリ辛のサルサソースを載せています」

「なんか、彩りよくてオシャレな料理だね。美味しそう！」

「いや、マジで美味い。特にこのピリッと辛いヤツがいい。病《や》みつきになる」

「俺は、このケッカソース？　すごく好きな味だ」

「さすが料理人だね。ニーノさんが屋台を開いたら、俺、絶対買いに行くよ」

ジェイク、オリバー、ヒューゴ、ノアが口々にそう言った。

「気に入ってもらえて良かったです」

鰹と昆布の合わせ出汁を使ったオニオンスープも大好評だ。

頃合いを見計らって炭を七輪へ移し、一品目の肉とカット野菜を大皿に載せて取り出す。

「では、焼肉パーティーを始めますよ～！　まずは『タン塩』から行きましょう。こうやってトングで肉を網に載せてください」

焼き具合を実演しながら教え、ＯＫを出すと、みんな一斉に食べ始める。

「わっ、この肉すっげー美味い！」

「前に食べたワイルドボアの焼肉と全然違う！」

「確かにワイルドボアは美味しい肉だけど、これは美味しすぎるよ！」

「なんでこんなに美味いんだ？」

「七輪を使って炭火で焼くと、直火で焼くより旨味が増すんです。それに、料理スキルで完璧に下処理して、タンの柔らかくて美味しいところだけを出してますからね。野菜と一緒に食べても美味しいですよ」

「へぇー。ところで、タンってなに？」

「舌です」

首を傾げて尋ねたジェイクは、俺の答えを聞いた途端にフリーズした。

「舌って、ベロか!?　俺ら、ワイルドボアとベロチューして食ったのか!?」

オリバーが驚愕の声を上げ、ヒューゴが視線を彷徨わせ、ノアが困惑した様子で言う。

「……普通、舌は食べないよねぇ……」

「俺の故郷では、普通に食材として使ってますけど……マズかったですか?」

「……いや、美味かった。美味かったから複雑なんだ」

とオリバーが呟き、フリーズが解けたジェイクが腹を括った様子で宣言する。

「……美味しいは正義だ！　オレは食う！　美味いものなら、なんでも食うぞ！」

「美食の道は、食わず嫌いをしない勇気が必要だ」

ヒューゴも決意を告げ、ノアも自分に言い聞かせるように、頷きながら同意する。

「そうだね。何事もチャレンジだよね。すっごく美味しかったしね」

「……確かに。未知の食材に挑むくらい、やむにやまれず、古くなった干し肉や堅パンを食べることに比べれば……問題ない！」

いや、そこまでの覚悟で無理しなくても——と思わず笑ってしまう。

俺がネギを載せたタン塩を味わっていると、ノアがじっと俺の手元を見て言う。

「……それにしても、ニーノさん、二本の棒でよくそんなに器用に肉や野菜を掴めるね」

「これは箸《はし》といって、俺の故郷ではみんな使ってます。俺は二歳くらいから正しい持ち方を教わって、豆をつまんで皿に移す速さを競うゲームで訓練しました」

「へぇー。俺たちいろんな国へ行ったけど、ハシを見たのは初めてだよ」

　会話しながら、俺は少量ずつ部位を変え、塩味系の肉を一通り出した。

「次はカルビ。俺の国では一番人気の腹肉です。好みのたれをつけて食べてください。おろしポン酢、にんにく風味の醤油だれ、胡麻《ごま》だれを用意しました」

「ニンニク風味のショウユダレ、最高だ！」

「俺はコクのあるゴマダレがいいな」

「さっぱりしたオロシポンズも美味しいよ」

「全部美味いに決まってるじゃん！」

　冒険者たちは食欲旺盛で、あっという間に肉が消えたので、ロース肉やモモ肉も部位別に出していく。

　俺は彼らほどたくさん食べられないから、味見程度にして、ちょっと実験してみよう。

　アイテムボックスからミニロールパンを取り出し、たれに漬けた焼肉と野菜を挟んで鑑定してみると、肉は付与なしだが、ちゃんと異世界料理としてカウントされている。

　ジェイクが俺のほうを見て、期待に瞳をキラキラさせながら言う。

「ニーノさん、それ、サンドイッチ？」

「ええ。食べてみます？」

「食べるー！　ニーノさんのサンドイッチ、美味しいもーん！」

「「ずるいぞ、ジェイク！」」

全員声を揃えて抗議したので、俺は四人分のサンドイッチを作ることになった。

もちろん、みんな大絶賛だったよ。

「では、最後はホルモンの漬け焼きで締めましょう」

「ホルモンってな――」

「聞くなジェイク！　知らないことは、知らないほうが幸せということもある！」

「この流れから行くと、なんとなく予想がつくだろう」

「男は度胸《どきょう》だよ！　先入観がないほうが、美味しく食べられる！」

初めてのホルモン焼きに恐る恐るチャレンジした冒険者たちは、すぐに忌避感《きひかん》をなくし、

「エールが欲しい！」と言いながら、一通りの部位を食べた。


食後の後片付けを済ませ、俺は自分のテントに入って、ワクワクしながら亜空間厨房のドアを開く。

「うわ！　ホントに広くなってる！」

最初は二畳のコンパクトキッチンだったのに、今は六畳くらいのダイニングキッチンだ。

二人用ダイニングテーブルが置かれ、ここで飲食や休憩ができるようになった。

小さな作業用テーブルは、無限収納庫へ移動している。

魔道具はすべてサイズアップし、魔道コンロは二口でグリル付き。魔道炊飯ジャーは五合炊き。小型魔道電子レンジは、ファミリーサイズの魔道オーブンレンジに進化した。

ホテルの客室冷蔵庫並みに小さかった魔道冷蔵庫も、通常の保管用冷蔵室と、製氷室付きになっている。

コーヒーメーカーも、ミルクシステム付きのエスプレッソマシン機能が増えた。

レベル１０達成ボーナスは、業務用魔道・手動かき氷機。

レベル２０達成ボーナスは、魔道ホットサンドメーカー。角型・三角型・パニーニ用のホットサンドプレートと、十種類のお菓子用プレート付きだ。

召喚食品庫は横幅が大きくなり、隙間なく食材が詰まっている。

召喚冷蔵庫は野菜室とチルド室が増え、味噌やチーズなどの種類が増えた。

召喚水サーバーも、一種類につき三十リットルずつに召喚量が増え、採水地も二カ所増えている。

【後方羊蹄山《しりべしやま》の神の水《カムイワツカ》】採水地・北海道《鉱泉水》超軟水

《国創りの神《コタンカラカムイ》の加護》『梟の目《コタンコロカムイ》』夜目遠目が利き、別の視点で俯瞰《ふかん》できる。危険察知。

　土・岩石操作魔法。攻撃力・防御力上昇。獲得経験値倍化。
《植物の女神《イカツカラカムイ》の加護》植物性の毒無効。解毒。治癒。超回復。ステータス成長促進。
《火の嫗神《アペフチカムイ》の加護》高温耐性。火炎耐性。火炎操作魔法。爆裂魔法。
《水の女神《ワッカウシカムイ》の加護》水耐性。溺水無効。水生成。水温・水流操作魔法。
《風の女神《レラカムイ》の加護》風圧耐性。俊敏性上昇。気温・気流操作魔法。電荷操作魔法。
《日の女神《ペケレチュプカムイ》の加護》幻惑耐性と幻影看破。発光魔法。光学迷彩魔法。魅了魔法。
《月の女神《クンネチュプカムイ》の加護》暗視。恐怖耐性。暗示耐性。睡眠魔法。隷属魔法。影操作魔法。
【天《あめ》の真名井《まない》の御霊水】採水地・鳥取《鉱泉水》軟水（弱アルカリ性・シリカ含有）
霊験あらたかな、神界『高天原』の有り難い水。運二倍効果を付与できる。
《サイノカミの守護》子孫繁栄。災厄・悪霊・死霊からの守護。強力な清めと祓い。
《毘沙門天の守護》攻撃力・防御力上昇。気配察知。危険察知。反射神経強化。
　怨敵退散。商売繁盛。金運財運・勝負運・福運上昇。健康安全。
《秋葉三尺坊大権現の守護》火防守護。水難守護。商売繁盛。厄除開運。

　どっちも嬉しい付与効果がつく召喚水だ。
　早速新しい二種類の召喚水で麦茶を抽出し、ステータスを確認してみた。

「技術力が2上がってる。違う召喚水で淹れると、同じお茶でも別物としてカウントされるんだな」

それなら、明日の抹茶ソーダは、『後方羊蹄山《しりべしやま》の神の水《カムイワツカ》』で抹茶を練ろう。

「魔道グリルを使ってみたいから、明日の朝食は和食でいいか」

とりあえず、鮭の切り身を六個焼いてみた。

自分で焼け具合を見ながら焼くこともできるけど、グリルにもあるんだよ。一瞬で焼き上がるオートモードのスイッチが。

小さめの切り身を具材用に解《ほぐ》して味見してみると、俺が作る焼き魚と同じ焼け具合だ。

ついでにもう一品、冷ややっこも出そう。

「和食なら、味噌汁用の湯が必要だな。人目がある場所で召喚水サーバーを使うわけにはいかないから、保存容器にお湯や冷水を詰めて、氷もアイスペールに移しておかないと」

魔道冷蔵庫に製氷室がついたからか、新しいロックアイスは召喚されてない。

「ヤバい。確認してよかった。氷、作らなきゃ」

魔道冷蔵庫の製氷室は、給水タンクに必要な量の水を入れ、作りたい氷の形や大きさを選択して、スイッチを押すだけ。

スクエア型。ボール型。スティック型。いろんな形のモチーフ型。板氷。かき氷機に使う半貫目氷。最大十一・二五キロもある、三貫目のブロック氷まで作れる。

レトロなハンドル付きの魔道かき氷機は、召喚店舗倉庫に入っていた。メンテナンス不要の魔道具だけど、魔力がなくてもハンドルを回せば動くので、外へ持ち出して使うこともできるらしい。

「日中の最高気温はそれなりに高いから、冷たいデザートも作っておくか」

シロップは定番のイチゴ・メロン・レモン・ブルーハワイ・みぞれがあったので、これはもう、レインボーがけにするっきゃないでしょ。

ついでにメロンソーダも作っておこう。

昼食用の弁当も、魔道ホットサンドメーカーでサンドイッチを作ってみた。

「あとは、差し入れ用のコーヒーだな。五百ミリリットル保温ボトルに二本でいいか」

コーヒーは、紅茶やココア、チョコレート同様、魔力操作系付与やリラックス効果、集中力・記憶力・思考力を高める効果、指揮高揚、覚醒効果が付与されるし、身体能力向上系付与や興奮作用は紅茶より強い。

だから全属性魔法を向上させるカムイワッカでコーヒーを淹れ、少し迷ってカモミールティーも淹れて、二つのランチバッグに必要なものを詰め、冒険者たちに差し入れに行く。

「これ、眠気覚ましの効果があるコーヒーです。コーヒーは、まずストレートで飲んでみて、お好みで砂糖やクリーミングパウダーを加えてください」

クリーミングパウダーは俺が好きなメーカーの、動物性脂肪を原料としたものだ。ステイックのパッケージもそっくりだが、この世界の文字で商品名が書いてある。

「砂糖やクリーミングパウダーを入れると、味がかなり変わるので、ちょっとずつ、いろいろ試してみるといいかも。万が一コーヒーが効きすぎて眠れなくなった場合、こっちのボトルのカモミールティーを飲んでください。不眠に効果がある薬草茶なので、リラックスして寝付きやすくなるはずです」

「ありがとう。助かるよ」

「あと、こっちの袋は、後半の見張りの方に渡してくださいね。保温性の高いボトルに入れているので、朝まで温かいコーヒーが飲めますから」

　前半の見張りをしているオリバーとジェイクに差し入れを渡し、俺はテントに戻って、運二倍の麦茶を飲んで眠りについた。

3．出会いと決断

地球だと七月下旬にあたる『熱波の月《テルミドール》』五日目。

朝は四時頃から白《しら》み始め、四時半頃には明るくなる。

森の中では教会の鐘など聞こえないが、日の出前の薄明の頃、自然に目が覚めた。

起床と同時に、あの性別不明の声が脳内で響く。

『昨夜から明け方にかけ、異世界料理を食べた冒険者が、Cランク以下の夜行性魔獣を多数討伐しました。

獲得経験値倍加の重複付与により、冒険者が最大六倍の経験値を獲得。

冒険者が獲得した経験値の五十パーセントを獲得しました。

獲得経験値倍加の重複付与により、獲得した経験値が最大四倍になります。

レベルが7上がりました。洋食屋見習いレベル29』

俺が寝ている間に魔物が襲ってきたようだ。

亜空間厨房で顔を洗い、肌寒いのでマントを羽織ってテントから出ると、テントの近くでノアが見張りをしていた。

「おはようございます。お疲れ様です」

声をかけると、満面の笑みとともに挨拶が返ってくる。

「おはよう、ニーノさん。差し入れありがとう！　あのコーヒーっていう飲み物、ポーションの原料でも入ってるの？　飲んだらスッキリ目が覚めたし。いつもより夜目が利いて、魔法の威力も上がったんだけど！」

「コーヒーは俺の故郷の嗜好品《しこうひん》だけど、昔は薬として使われていたみたいですね」

「やっぱりそうなんだ。ポーションみたいな効果がある上、美味しいなんて最高だよ！しかも、夜淹れたコーヒーがずっと温かいままなんて、あのボトルは魔道具なの？」

「魔道具というか、魔法瓶というか……」

「保温魔法を付与したボトルかぁ……。ニーノさん、いろんなもの持ってるねぇ」

魔法瓶の保温効果は魔法じゃないんだが――そういうことにしておくほうがよさそうだから、笑ってごまかした。

「さて。まずは温かいお茶でも飲むか」

アイテムボックスからテーブルセットを出し、女神水で番茶を淹れて湯呑に注ぐと、プカリと茶柱が立つ。

（あ……番茶に運アップ効果が付与された……。何かいいことが起こるかな）

見張りの二人にも番茶を差し入れ、一服してから、魔法の練習をすることにした。

「《突風《ガスト》!》」

俺のレベルが上がったからか、結構威力のある突風が吹き抜ける。

「次はファンタジーでお馴染みの、アレを試してみよう。《風の刃《ウインドカッター》!》」

近くにある樹の梢めがけて魔法を放つと、風の刃で枝を切り落とすことができた。

「やった! 土魔法もいけるかな? 《落とし穴《ピットホール》!》」

ボコッと地面にひざ下くらいの深さの落とし穴があく。

「《復元《リカバリー》!》」

今度は落とし穴が埋め戻され、元通りになった。

「《水の球《ウオーターボール》!》《回転《スピン》!》《水の球《ウオーターボール》!》もういっちょ《水の球《ウオーターボール》!》からの《ジャグリング《カスケード》!》

《お手玉《シャワー》!》《噴水ショー《ウオーターファウンテン》!》」

ウォーターボールを魔力操作で動かしたり、両手から噴水を出して水芸で遊んだりしていると、不意に拍手の音が聞こえた。

「凄いじゃないか、ニーノさん」

声の主はノアだ。隣にヒューゴもいる。

ノアは俺に笑顔で言う。

「独学で魔法を使い始めてまだ二日目で、魔法触媒《しょくばい》の杖もないのに、そこまでできる人はなかなかいないよ。しかも三属性！　魔法学院には基本四属性がすべて使える生徒も何人かいたけど、多くて二つしか使えない人がほとんどなんだよ」

「あはは。俺、魔法の才能はかなりあるって言われてたんです。やり方が判ったら、なんとなくできるようになったというか……」

召喚されし者のチート能力で、できるようになったというか……。

そう。俺はズルをしているという自覚はある。

だってレベル上げは人任せ。護衛の冒険者に料理を作って振舞うだけで、どんどん強くなれるんだもん。

笑って誤魔化していると、オリバーとジェイクもテントから出てきた。

「おはよう、ニーノさん。昨夜はコーヒーのお陰で、眠くなるどころか、いつもより夜目が利いて、絶好調だったよ」

「なんだか力が漲って、目が冴えてたからカモミールティーを飲んだら、スーッと眠れた。いろいろ気を使ってくれて、ありがとね」

「お役に立ててよかったです。すぐ朝食の準備をしますから、温かいおしぼりで顔や手を拭きながら、座って待っていてください」

ササッとテーブルセッティングをして、作り置きの料理を配膳していく。

俺は箸で食べるが、異世界人には無理だろうから、フォークとスプーンを用意した。

「今日の朝食は、五目炊き込みご飯、高野豆腐と干し小松菜と胡麻の味噌汁、鮭の塩焼き、出汁巻き玉子、冷奴、キュウリと塩昆布と鰹節の浅漬けです。召し上がれ」

俺も「いただきます」と手を合わせて、みんなと一緒に食事を始める。

「美味しい～！　また初めて食べる味だぁ～！　ニーノさんの卵料理サイコー！」

真っ先に出汁巻き玉子を食べて、笑顔で叫んだのは好奇心旺盛なジェイクだ。

「ゴモクタキコミゴハンも美味いぞ。不思議な食べ物だ。このつぶつぶ、昨日食べたボタモチに似ているな」

「オリバーさん、正解です！　ご飯はうるち米を炊いたもので、牡丹餅に使ったのは、もち米という粘り気の強い米です。米は普通に炊くと白いご飯になるけど、炊き込みご飯は出汁と調味料を入れて炊くから、色がついているんです」

「ゴモクってのはなんなんだ？」

「五品目の具材って意味です。今回は鶏肉、椎茸、ごぼう、人参、油揚げを入れました。お米は『一粒万倍』の縁起物《ラッキーアイテム》で、鶏肉は『金運アップ』。力士《ぶどうか》の間では、『鶏は二足歩行で地に手をつかないから、白星《しょうり》につながる縁起物《ラッキーアイテム》』とも言われていますね。椎茸は『壮健』。ごぼうは『健康長寿』。人参は『勝運と厄除け』。油揚げは『金運アップ』。さらに、『最強剣士』を象徴する勝男武士《かつおぶし》と、『福を呼ぶ』昆布の合わせ出汁を使った開運料理《ラッキーフード》だから、次のご飯時まで運が爆上がりしますよ」

「「「マジか!?」」」

「ええ。味噌汁も運が爆上がりする料理です。具材の高野豆腐は『災い除け』、小松菜は『勝負運アップ』、胡麻は『不老長寿』と『子孫繁栄』。出汁巻き玉子は『金運アップ』。キユウリは『九の利を得る』って意味があります。ご飯と一緒に浅漬けを食べると、さっぱりして美味しいですよ」

「おお、ホントだ。こっちのヒヤヤッコってのも、不思議な食感で美味いな」

「冷奴は、冷やした豆腐に薬味を載せて、調味料をかけた料理です。『白い豆腐を食べると、邪気を寄せ付けず、病気知らずで、心が浄化され、悪意から身を守り、立身出世の願いが叶う』と、僧侶《せいじん》が好んで食べる開運料理《ラッキーフード》なんですよ」

「この辺りの聖人・聖女は、そんな料理があるなんて知らないと思うけど？」

ノアのツッコミに、俺は思わず苦笑を返す。

「豆腐は俺の故郷の特産品ですからね。ちなみに薬味の大根・にんにく・生姜は『病除け・厄除け』。大根には『財運』もあり、葱は『労をねぎらう』という意味の縁起物《ラッキーアイテム》です」

「「「へぇー」」」

「豆腐は大豆という豆の加工食品で、俺の故郷では、豆は『富と繁栄』の縁起物《ラッキーアイテム》なんです。煎り大豆は魔を滅する邪気払いの縁起物《ラッキーアイテム》でもあり、暦の上で『冬の終わり』とされる日に、『鬼はぁ～外ぉ～！福はぁ～内ぃ～！』と言いながら、鬼と呼ばれる魔物に扮した人や、家の中に煎り大豆を撒いて、歳の数だけ煎り大豆を食べる風習があるんです」

「「「変わった風習だな」」」

「豆を撒いた翌日に食べる豆腐は『立春大吉豆腐』といって、特に縁起がいい《ラッキーな》んですよ。ちなみに高野豆腐は、豆腐を凍らせて低温熟成し、カチカチに乾燥させた加工食品を水で戻したもの。油揚げは、薄く切った豆腐を水抜きして揚げた加工食品です」

そこで冒険者たちは三つの食材を見比べ、驚いた顔で言う。

「ウッソ！　これ、全部同じものなの!?」

「見た目も食感も味もまったく別物だぞ！」

「確かに、全然違う……」

「料理って、奥が深いねぇ……」

味噌汁を飲んだノアが、うっとり呟いた。

「……このミソシルってスープ、すごく美味しくて、なんだか体がほわ～っと温かくなるよ。魔力が漲る感じがするのは気のせい……？」

気のせいじゃないだろう。味噌も醤油も発酵食品だから、和食は魔力操作・魔力練度・魔力循環が向上するし。魔法と相性のいい召喚水を使っている。

ヒューゴも焼き鮭を口にした途端、頬を弛めて嬉しそうに言う。

「この魚、すごく美味いな。俺、港町で食べる海の魚は好物なんだ。川魚は泥臭くて苦手だけど……」

「鮭は川魚ですよ」

俺の言葉に、ヒューゴが驚愕した様子でカッと目を見開き、無言の叫びを上げる。

「川で生まれて海で育ち、産卵期に川へ戻ってくる鮭は、『成長して故郷へ帰る』っていう縁起物《ラッキーアイテム》なんです。川へ戻った鮭は脂が落ちて美味しくないけど、普通の川魚は、ちきんと下処理して調理すれば美味しく食べられますよ。いつか機会があれば料理しますね」

笑顔でそう告げると、ヒューゴも「機会があればぜひ」と微笑んだ。


朝食後は、魔馬の飲み水を樽に汲んで馬車に積み、乗り物酔い防止に加糖抹茶ソーダを飲んでから、森の深部へ向かった。

魔馬が馬車を引いているから、魔物に襲われることなく順調に進んでいる。

ところが。

「馬車を止めて！」

御者席の隣に座っていたジェイクが、突然緊迫した声で叫んだ。

「前方で、リファレス王国側から来た大型の幌馬車が、ゴブリンの大群に襲われてる！馬をやられて動けないみたい。武装した強化個体や、魔法を使う特殊個体がいるから、進化個体の指揮官もいるはず。群れの規模からして、たぶんゴブリンジェネラルかな」

斥候のジェイクは、遠目が利くスキルでも持っているのだろう。俺には豆粒くらいにしか見えないのに、詳しく状況を把握している。

「……雑魚を含めて百匹以上の群れか……」

オリバーがそう呟き、パーティーを率いるリーダーの顔で俺に問う。

「馬車が通れる道はここだけだ。引き返してヘルディア王国方面へ逃げるか？　助太刀《すけだち》して奴らを倒し、先へ進むか？　選択してくれ」

決定権は、依頼主である俺にあるらしい。

「……もし助けられるなら、助けてあげてくれませんか？」

彼らに無理な戦いを強《し》いることはできないし、したくないけど——俺は命のやり取りなんてしない世界で生きてきたから、魔物に人が殺されるなんて耐えられない。もし助けることができるなら、なんとかして助けたいんだ。

オリバーは俺の希望を聞き入れ、力強く頷く。

「解った。応援に行くぞ。ジェイク、御者を替われ。ヒューゴは戦闘準備。ノアはここからでかい魔法をぶちかまして、ゴブリンの数をできるだけ減らしてくれ」

「「了解！」」

ノアが杖をかざして歌うように呪文を詠唱する。

「世界の理《ことわり》を統《す》べる者よ。風を操り、変化をもたらす大いなるものよ。我が請願に応《こた》え、その息吹をこの地に顕現させ給《たま》え。《塵旋風《ダストデビル》！》」

突如発生した大旋風が、馬車に群がるゴブリンの群れを砂塵とともに上空へ巻き上げ、数分の間竜巻のように渦巻く風で翻弄し、地表に叩き落とす。

高威力の風魔法は、馬車を襲うゴブリン集団の数を大きく減らした。

「ジェイク、攻撃できる範囲まで馬車を寄せろ！　ヒューゴは俺と一緒に群れのボスを斃しに行くぞ！　ノアは魔法で支援してくれ！」

「「「了解！」」」

ジェイクはゴブリンの群れに向かって、凄い勢いで魔馬を疾走させる。

ノアが《全能力上昇《ステータスアップ》》のバフをかけると、オリバーとヒューゴが馬車から飛び降り、剣を構えて突っ込んでいく。

ジェイクは御者席から弓で二人を援護する。

ノアは風魔法で敵の弓や魔法攻撃を防ぎながら、まっ先に魔法を使う進化個体を斃し、強そうな奴を狙って風魔法を放つ。

「俺も手伝います！」

人型の魔物を殺すことに抵抗がないわけじゃない。

けれど生き延びるために。この世界で一人で生きていくために。こういうことにも慣れていかなきゃいけない。

俺が放ったウインドカッターが、雑魚ゴブリンを斃した。

周辺にいたゴブリンたちがターゲットを俺たちに代え、魔馬の存在をものともせず、幌馬車に襲い掛かってくる。

「やられてたまるか！《塵旋風《ダストデビル》！》」

ノアの魔法に比べたら、てんで威力は弱いけど——狙い通り、土煙を上げて旋風が吹き荒れ、まとめて五体のゴブリンを巻き込んで戦闘不能にした。

俺は立て続けにウインドカッターでとどめを刺し、必死で魔法を放ち続ける。

どれくらい、そうして戦っていただろう。

目の前の敵がすべて地に伏せたとき、いつもの声が聞こえた。

『異世界料理を食べた冒険者が、Cランクのゴブリンジェネラル一体と、その群れを討伐しました。

獲得経験値倍加の重複付与により、冒険者が十二倍の経験値を獲得。

冒険者が獲得した経験値の五十パーセントを獲得しました。

洋食屋見習いがゴブリンソルジャー二体とゴブリン十六体を討伐しました。

獲得経験値倍加の重複付与により、獲得した経験値が十倍になります。

レベルが7上がりました。洋食屋見習いレベル36。

レベル30達成ボーナスで、料理人用アイテムボックスの機能がレベルアップしました』

気配を窺っていたジェイクが、笑みを浮かべて言う。

「近くに魔物の気配はないよ。討伐完了だ。襲われた馬車の様子を見に行こう」

俺はノアとジェイクに左右を守られ、斃したゴブリンを回収しながら、襲われた馬車のところまで移動した。

ヒューゴとともに先に来ていたオリバーが、渋い顔で言う。

「討伐には成功したが、商人らしき男も、御者も護衛も全滅だった。身分証を探して、ギルドに届けよう」

冒険者たちが、慣れた様子で死体の持ち物を検めていく。

オリバーが商人らしき男の身分証を見つけたようだ。

「この男、商業ギルドカードを二つ持ってる。一つはヘルディア王国の奴隷商会の商会員で、もう一つは、イエステーリャ王国の貿易商人だ」

王都で耳にした話が脳裏に甦る。

「そういえば行商人が、『リファレス王国で、頻繁に獣人の子供が攫われてる』って噂してた……」

俺の呟きに、冒険者たちが頷いた。

「ああ。こいつがその犯人だろうな」

「商売を隠れ蓑《みの》にして、いろんな国から獣人族の子供を攫ってきて、ヘルディア王国で売り捌《さば》いていたのか……」

「ゴブリンジェネラルの群れに襲われるなんて、つくづく不運な商人だ――と思ってたけど、天罰だね」

「子供を攫って売るなんて、ほんっと最低な――」

ジェイクがそこで言葉を途切れさせ、驚きに目を見開いて叫ぶ。

「すごく弱々しいけど、襲われた馬車の中に、生き物の気配がある！」

「なにっ⁉」

「もしかして、攫われた子供か⁉」

俺は冒険者たちとともに、馬車の中へ踏み込んだ。

積み荷はゴブリンの群れに荒らされ、手前はかなり持ち去られているようだが、奥のほうは手つかずで残っている。

「気配がするのは、酒樽《さかだる》の奥にある三つの木箱だよ！」

ほかの積み荷で隠すように積まれている木箱は、中が見えない程度に隙間がある荒い作りで、蓋が少しずれている。

蓋を外すと、やはり獣人の子供たちが入れられていた。

推定五歳くらいの、オレンジ系の赤毛で、犬耳と尻尾がある男の子。

同じ年頃か少し小さい、青みがかった銀髪で、兎の耳と尻尾がある男の子。

三歳くらいの、淡い金髪で、猫の耳と尻尾がある女の子。

簡素な庶民の服を着た愛らしい幼児たちは、三人とも手足を拘束され、猿轡《さるぐつわ》を噛まされて、クックョン代わりの藁とシーツの上に転がされていた。

「助けに来たよ！　しっかりして！」

呼びかけても反応がない。発熱し、血圧が下がり、意識が朦朧としているようだ。

「まずい！　脱水症状を起こしてる！　早く水分を取らせないと！　俺は飲み物を用意するので、縄を外してあげてください！」

この子たちに飲ませるのは、超回復が付与される【カシャの泉　奇跡の水】がいいだろう。

奇跡の水は経皮《けいひ》吸収でも高い効果を発揮するから、俺はまず、冷水を入れた保存容器とボウルとタオルを取り出し、奇跡の水で濡れタオルを作った。

その間に、冒険者たちは速やかに子供たちを木箱から出し、拘束を解く。

「すみません。発熱しているので、この濡れタオルをこの子たちの首に当てて、冷やしてあげてください」

オリバーが犬耳の男の子、ヒューゴが兎耳の男の子、ノアが猫耳の女の子を介抱し、索敵能力の高いジェイクが見張りに立つ。

　俺は空になったボトルに、冷水と湯を混ぜて人肌に調整したぬるま湯を作り、塩と砂糖とレモン果汁を加えて経口補水液《けいこうほすいえき》を作った。

　そしてまず、一番小さな女の子に優しく声をかける。

「さあ、これを飲んで。体が楽になるからね」

　赤ちゃんに飲ませるみたいに、スプーンを使って口に含ませると、コクリと飲み込んだ。

　兎耳の男の子と犬耳の男の子にも同様に飲ませ、それを数回繰り返すと、子供たちの顔色が目に見えて良くなった。

　心配そうに女の子の様子を窺っていたノアが、驚いた顔で俺に尋ねる。

「ニーノさん。この子、ついさっきまで死にそうな顔してたのに、目に光が戻ってきたよ。ニーノさんが作ったの、もしかして回復ポーション？」

「いえ。これは経口補水液という、体に必要な成分がバランスよく配合された飲み物です。失われた水分や塩分を素早く吸収できるから、弱った体を回復する効果はあるけど、回復ポーションじゃないですよ」

　俺の言葉に、犬耳の男の子を介抱しているオリバーも、首を傾げながら言う。

「……だが、どう見ても、中級以上の回復ポーション並みに効果があるんじゃないか？　こっちの犬人族の子供も、さっきまであんなにぐったりしてたのに、見違えるほど顔色がよくなったぞ」

ヒューゴも同意するように俺の目を見て頷いた。

超回復付与がついている経口補水液だから、効果が出ないわけがない。

なのにいつもの声が聞こえない――と思ったら、代わりに、子供たちのお腹が鳴った。

「お腹が空いているんだね。まずは経口補水液をもっと飲んだほうがいいんだけど、コップで飲めるかな？」

子供たちが頷いたので、俺は経口補水液を紙コップに注ぎ分けて手渡す。

「噎《む》せないように、ゆっくり、少しずつ飲んでね」

落とさないよう、冒険者たちに紙コップを支えてもらい、俺は三人分の葛湯《くずゆ》を作った。

葛湯は病人食や離乳食に使われていた、栄養価が高い流動食だ。

「これは『葛湯』っていうんだよ。甘くて美味しいから、スプーンを使って、ふうふうしながら飲んでごらん」

持ち手付きのホルダーに紙コップをセットして手渡すと、子供たちは「ありがと」と小さな声でお礼を言って受け取った。しゃべれるくらい回復したようだ。

俺に言われた通り、葛湯をスプーンで冷まして口に含んだ子供たちが、驚いたように目を見開き、耳と尻尾をピーンと立てた。

「「「おいしい……！」」」

甘くてとろとろの葛湯が気に入ったようで、子供たちは嬉しそうに唇を綻ばせ、耳や尻尾でも『美味しい』と訴えている。

（可愛いなぁ……）

俺の両親は共働きだったから、いつも俺が弟妹の世話をしていたんだ。

子供たちを見ていると、あの頃の思い出が鮮やかに甦り、切なさが込み上げてくる。

二度と会えない家族を思って郷愁に浸っていると。

『脱水症状を起こしていた栄養失調の幼児三人が完全回復しました――』

ようやくいつもの声が聞こえた。これでもう、この子達は大丈夫だ。

子供たちが葛湯を冷ましながら飲んでいる間に、俺は追加の経口補水液を作って、冒険者たちにも配った。

それを飲んだ途端、オリバーとヒューゴとノアが驚愕の声を上げる。

「おい、マジかよ！　ゴブリンジェネラルの群れとの戦闘で疲れてたのに、絶好調の状態に戻った気がする！」

「俺もだ！」

「俺も！　魔力回復ポーション飲むべきか迷ってたけど、ケーコーホスイエキ飲んだら魔力が回復してきた！」

ジェイクも驚いた顔で呟く。

「ケーコーホスイエキすげー……」

俺も経口補水液を飲んで超回復し、子供たちが葛湯を飲み終わるのを見計らって、優しく微笑みながら話しかける。

「お兄さんは、ニーノっていうんだ。お名前、教えてくれるかな？」

つぶらな三対の瞳が、まっすぐ俺に向けられた。

最初に口を開いたのは、犬耳の男の子だ。

「……おれ、シヴァ」

シヴァは光を映した茶色い瞳で俺を見つめ、ぎこちなく微笑み返す。

続いて、きれいな青い瞳をした猫耳の女の子が、少し舌ったらずな口調で名告《なの》る。

「キャティはキャティにゃ」

最後に、青く煌めく灰色の瞳を不安げに揺らして、兎耳の男の子がボソリと呟く。

「……ぼく、ラビス。……みんな、ラビってよぶよ」

「シヴァくん、キャティちゃん、ラビくんだね。ここにいたら危ないから、お兄ちゃんたちと街へ移動しよう。自分で立てるかな？」

完全回復した子供たちは、自分の足で立つことができた。

「ええっ!?　あの状態から、もう立てるようになったの!?」

「ふらつきもせず、しっかり立ってるぞ」

「抱えて運ばないと移動できないと思っていたんだが……歩けそうだな……」

「ケーコーホスイエキとクズユすげぇー……」

冒険者たちが驚愕しながら見守る中、俺は子供たちを連れて奴隷商の馬車を降りた。

ヘルディア王国では、俺のアイテムボックスは魔力30程度の容量だと思われてるから、『大容量のアイテムボックス持ち』と、『巻き込まれ召喚疑惑が濃厚な洋食屋見習い《りょうりや》』が同一人物とは思わないだろう。

「誘拐犯の遺体と馬車も、証拠物件としてギルドへ運んだほうがいいですよね？」

「……できればそうしたいが……」

冒険者たちが同意したので、すべてアイテムボックスに収納する。

「……ニーノさんのアイテムボックス、すごい容量だね……。秘匿《ひとく》したいわけだ……」

ノアの呟きに、他のメンバーが同意するようにコクコク頷く。

「とにかく、早くこの場を離れよう。ゴブリンの死骸《しがい》はニーノさんが回収してくれたが、血の臭いを嗅ぎつけてほかの魔物が来るかもしれん」

オリバーに促され、俺とオリバーとノアは、手分けして子供たちを馬車に乗せ、自分も乗り込んだ。

御者席にはヒューゴが、その隣にはジェイクが座った。

走り出した馬車の中で、俺は再び子供たちに尋ねる。

「お兄ちゃんは二十八歳だけど、シヴァくん。キャティちゃん。ラビくんは何歳かな？」

「ござい！」

「しゃんしゃいにゃ！」

「……ございになったの」

だいたい予想通りの年齢だったが。

「えーっ!?　ニーノさん、年上だったの!?」

「ジェイクと同年代かと思ってた！」

俺の年齢は予想通りじゃなかったようだ。

「『銀狼の牙』の皆さんは、何歳なんですか？」

「リーダーの俺とヒューゴがタメで二十四歳。ノアが二十二歳。ジェイクが十九歳だ」

俺、ギリ十代に見えたのか……。ヘルディア王国の城では、ステータス画面に表示された実年齢でバカにされたけど、日本人が若く見えるのは異世界でも同じだったよ。

脱線してしまったが、俺は改めて、子供たちの素性や、攫われた経緯を聞いてみた。

拙《つたな》い説明で分かったことを要約すると。

シヴァの父親の名はハウル。母親はメラニア。家族三人で暮らしていた家に強盗が押し入り、母親がシヴァをクローゼットの中に隠した。しかし見つかって拉致され、両親がその後どうなったのか判らない。

ラビの父親の名はレッキス。母親の名はラビーナ。祖父母と同居していたが、自宅で眠っている間に攫われ、気が付いたら拘束されて木箱の中にいた。

幼いキャティは、両親を「パパ」「ママ」としか認識していなかった。ほかに家族はいない。ラビ同様、自宅で眠っている間に攫われたようだ。

三人とも、住んでいた場所はもちろん、地名すら憶えていない。

そして、これはあくまでも子供たちの体感だが、『攫われてからかなりの日数、箱詰めされて馬車で運ばれていた』と言っている。

食事は一日二回くらい、堅パンとスープを与えられていた。

馬車が止まっているとき、ときどき猿轡を外して水を与えられたが、箱から出されるのは一人ずつ。救出されるまで、他の子供と顔を合わせることはなかったそうだ。

今日は箱の中で縛られたまま、猛スピードで走り始めた馬車の振動で目覚め、かなりの距離を飲まず食わずで激しい揺れに耐えていたらしい。

「大変だったね。怖かったね。淋しかったね。でももう大丈夫。お兄さんが、君たちを守ってあげるからね」

微笑みながらそう言って、そっと優しく頭を撫でると、子供たちは張りつめていた気が緩んだのか、俺に縋りついて泣きだした。

奇跡の水で完全回復したとはいえ、心身ともに疲れていたんだろう。子供たちは俺に凭れ、あるいは膝を枕にして、うとうとと微睡《まどろ》み始めた。

それを確認して、オリバーが躊躇いがちに、小声で俺に話しかける。

「ニーノさんよぉ。この子らが大人になるまで面倒見る気がないなら、あまり優しくしないほうがいいぜ。外で拐《かどわ》かされたなら、国やギルドに届けを出せば、親元へ帰れる可能性はある。だが、この子らが攫われたときの状況からして、親も攫われたか、殺《や》られた可能性が高い。下手すりゃ村ごと襲われてるぞ」

ノアも俺の目を見て静かに告げた。

「捜索願いが出てなかったら、ほぼ確実にオリバーの予想通りだろうね。親が冒険者なら、冒険者見習いとしてギルドの寮に入れるけど――そうでなければ、親戚や養い親が見つからない限り、孤児院で暮らすことになる。まともな施設に入れればいいけど、虐待されて逃げだして、スラムの浮浪児になるケースも少なくないんだ。優しくされたあとで放り出されたら、もっとつらい思いをするから……ほどほどに距離を置いたほうがいい」

そんな惨いことするものか。

「……捜索願いが出されていなかったら、俺がこの子たちを育てます」

幸い俺には、地球の食材を召喚する、料理人用の特別なアイテムボックスがある。お陰で食べることには困らないし。この子たちが自分の力で生きていけるよう、レベルを上げて強く育てることもできるんだ。

それに何より、俺自身も、一人ぼっちで生きていくのは淋しいと思っていた。

「……俺は、この子たちと同じなんです。ある日突然、住み慣れた故郷から見知らぬ場所に攫われてきて、帰りたくても帰れない。二度と家族に会うこともできない。だから今、この子たちが、どんなに心細い思いをしているか解ります。……守ってあげたい。そう思わずにはいられません」

黙って聞いていたオリバーとノアは、静かに頷いた。

「……そうか……」

「それなら、何も言うことはないよ。この子たち、ニーノさんに助けられて幸運だね」

そうであってほしい。

この子たちが幸せそうに笑ってくれたら、俺の心も救われる。

俺を召喚したこの世界の人間すべてを、恨むことなく生きていける。きっと——。

しばらくして馬車が止まり、ジェイクが荷台を覗き込んで言う。

「ちょっと早いけど、一戦交えて腹減ったし。ヴィントが好きな花がたくさん咲いてる場所があるから、この辺りで昼休憩にしようよ」

「そうだな」

オリバーとジェイクが偵察に出ている間に、俺は子供たちを優しく揺り起こす。

「シヴァ。ラビ。キャティ。そろそろお昼だよ。起きて」

微睡《まどろ》みから引き戻された子供たちは、寝ぼけ眼《まなこ》で欠伸《あくび》をしながら目をこする。

シヴァとラビは寝起きがいいけど、キャティはなかなか夢の世界から戻れないみたい。

三人が完全に覚醒した頃、ジェイクが戻ってきて言う。

「近くに危険な魔物はいないから、馬車を降りても大丈夫だよ」

馬車の外にはタンポポの群生地が広がっている。日本のタンポポは春の花だけど、西洋タンポポは、春から秋までずっと咲いてるんだよな。冬に咲いてるのを見たこともあるよ。

馬車から解放されたヴィントは、早速タンポポを食べている。

(魔馬って花も食べるんだ……。そう言えばタンポポって、花も茎も葉も根も、すべて食べられる植物だっけ……)

俺は子供たちを馬車から降ろし、ノアに子守りを頼んで、テーブルセッティングに取りかかる。

子供たちもいるから、今日はテーブルを一台増やした。

追加した椅子は、召喚店舗倉庫にあった、スタッキングできる業務用キッズチェアだ。

俺は料理とおしぼりを取り出して並べ、冒険者たちに椅子を勧めた。

そして子供たちを椅子に座らせ、一人ずつおしぼりで手を拭いて世話を焼く。

「今日のランチは、ヴィシソワーズっていう冷たいジャガイモのスープと、ホットサンドイッチだよ。サンドイッチの具は、とんかつとキャベツ。白身魚フライとキャベツ。コロッケとキャベツ。飲み物は冷たい麦茶。デザートのバナナケーキもあるからね」

いつもはですます調で話してたけど、今日は子供たちを意識して、口調を変えてみた。

ちなみにとんかつには自家製とんかつソース。オーロラソース。白身魚のフライはタルタルソース、コロッケはオーロラソースを使っている。オーロラソースは、ケチャップとマヨネーズを混ぜたお手軽ソースじゃなくて、本格的に作ったフランス料理のソースだ。

ホットサンドは、すべて四角いホットサンドプレートで四個ずつ作って、色違いのワックスペーパーに包んで、半分に切ってある。

子供用は、さらに半分に切って、三種類を小皿に取り分けた。

ヴィシソワーズは、四～五人分を八人で分けたから、ちょっとずつしかない。

「まず、スープを飲んでみて。食べられそうならサンドイッチも食べていいけど、ケーキもあるし。今日のサンドイッチは揚げ物ばかりだから、無理して全部食べなくていいよ」

キラキラした瞳で料理を見ていた子供たちは、言われた通り、ヴィシソワーズから口にした。

「わぅっ！　おいしいっ！」

「にゃっ！　こんにゃシュープ、はじめてにゃっ！」

「とろとろ……。ほっぺがおちそう……」

美味しい笑顔で、耳と尻尾をピーン！　と立てて歓声を上げた子供たち。可愛い！

冒険者たちも微笑ましげにその様子を眺めながら、初めて食べるヴィシソワーズに舌鼓を打っている。

それから、本命のサンドイッチに手を伸ばし、大絶賛が始まった。

「うわっ！　何これ何これ！　昨日のワイルドボアのサンドイッチも美味かったけど、このトンカツサンドも最高だよ！」

「なんて柔らかくてジューシーで美味い肉だ！　パンもカリッと香ばしくてたまらん！」

美味しい上に、『カツサンド』は『勝つサンド』と縁起を担いだ開運料理で、ステータスの運が二倍になるんだ。

「白身魚のフライサンドも美味いぞ！　また、今まで食べたことのない、病《や》みつきになる味のソースが使われている！」

「コロッケサンドも、外はカリカリ、中はサクサクとほくほくで、ビックリするほど美味しいんだけど！　なんなの、コロッケって！　こんなの食べたことないよ！」

子供たちも、期待満々でホットサンドにかぶりつく。

「！　キャティ、おしゃかにゃだいしゅきにゃっ！　こんにゃおいしーおしゃかにゃ、はじめてにゃっ！」

キャティは夢中で白身魚のフライサンドを完食し、シヴァは三種類全部、一口ずつ食べ比べて、尻尾をぶんぶん振りながら言う。

「おれ、おにくがすき！　おさかなもすき！　ころっけ？っていうのもすき！」

ラビはどれから食べるか迷いに迷って、最初に未知のコロッケサンドを手に取り、短い尻尾を高速でプルプル振りながら、嬉しそうに黙々と食べている。

多いかな、と思いながら取り分けたホットサンドを、子供たちはペロリと平らげた。

残っていた四分の一サイズのホットサンドも、冒険者たちがじゃんけんで取り合い、きれいになくなっている。

俺も魔法を連発したせいか、かなりお腹が空いていたけど、今日はどれもボリュームのあるサンドイッチだから、争奪戦に混ざるほどではない。

「デザートのバナナケーキ、おやつにすることもできるけど、今食べる？　あとにする？」

「今食べたい！」

ジェイクが叫んで一番に手を上げ、冒険者たちが次々とあとに続く。

子供たちも真似して「「「はーい！」」」と元気に手を上げている。

シヴァくん、そんなに思いっきり両手を上げて、ブンブン振りながらアピールしなくても大丈夫だよ。

三合炊飯器で作ったバナナケーキは、四等分して包んでいるので、それを半分に切り分けて渡した。

　酔い止め代わりの飲み物は、ハイビスカス&ローズヒップソーダだ。炭酸でお腹が膨れすぎると困るから、小さめの紙コップを選んでいる。

「さあ、どうぞ。召し上がれ」

「わーい！」

「ありがとにゃ！」

「……ありがと……」

　バナナケーキとソーダを口にした子供たちは、サンドイッチ以上に大興奮だ。

「あまくておいしい！　もっとたべたい！」

「キャティもたべたいにゃ！」

「ぼくも……」

「いやいや、君たち。もうお腹ぽんぽこりんでしょ。食べ過ぎ、飲みすぎはよくないよ。ケーキやソーダのお代わりは、おやつの時間にしようね」

　優しくそう言い聞かせると、既に空腹は満たされている子供たちは、すぐに納得してくれた。素直でよろしい。

　のんびり食休みを取っていると、突然ジェイクが遠くを見据えて弓を構え、凄い速さで連射した。矢のスピードも速すぎるけど、飛距離もおかしくない？

『異世界料理を食べた冒険者が、Cランクのポイズンスネークを討伐しました。

経験値倍加の重複付与により、冒険者が十六倍の経験値を獲得。

冒険者が獲得した経験値の五十パーセントを獲得しました。

経験値倍加の重複付与により、獲得した経験値が十六倍になります。

レベルが1上がりました。洋食屋見習いレベル37』

「よしっ！　スネーク系の魔物討伐成功！　ちょっと素材回収してくるね！」

ジェイクが嬉々として現場へ向かい、しゃがみ込んだところで、不意に小鳥くらいの大きさの何かがブーンと飛び立つ。

「ひゃっ！　花畑にキラービーが潜んでた！　助けてノア～！」

救いを求められたノアは、椅子から立ち上がって杖をかざして叫んだ。

「《水の球《ウォーターボール》！》」

ノアが出したウォーターボールが、キラービーを包み込んだ。

『異世界料理を食べた冒険者が、Dランクのキラービーを討伐しました――』

「はぁ～、助かったぁ～」

動きを止めて座り込むジェイク。

それを確認して、ノアはいい笑顔で解説してくれた。

「キラービーは攻撃性が高くて、針に致死性の毒がある。攻撃行動を起こす距離まで近づくと危険だけど、ウォーターボールに閉じ込めると、安全に倒せるんだよ。火魔法で燃やすのも有効だけど、花畑まで燃える可能性があるからね」

そこでオリバーが警告する。

「油断するな！　後ろから群れが来てるぞ！」

「えっ⁉　うひゃあ！　いっぱいいる！」

ジェイクの後方から、五十匹くらいいそうな群れがこっちへ向かっているのが見えた。

「まずいな。近くに巣があるのかも。若いクイーンビーがいるだけの小さい巣ならDランクだけど、この時期だとBランク、巣の大きさによってはAランクまで危険度が跳ね上がるんだ。まとめて水攻めにするから、巣を探して！」

「了解！」

ノアに指示され、ジェイクが巣を探索している間に、ノアは向かってくるキラービーの群れに魔法を放つ。

「《水の牢獄《ウオータープリズン》！》」

水の牢獄がキラービーの群れを閉じ込め、溺れさせる。

『異世界料理を食べた冒険者が、Cランク相当のキラービーの群れを討伐しました――』

不意にジェイクが、少し離れた場所にある大木を指さして言う。

「あった！　あの大木の洞穴の中に、大きな巣があるよ！」

目を凝《こ》らしてよく見ると、なぜか件の樹洞を指し示すように、白い光の矢印が見える。

（なんだ、あれ……？）

そこでハッと気づいた。

（もしかして、キラービーってミツバチか⁉　『攻撃的で、夏場に危険度が増す』って聞いて、てっきりスズメバチだと思ってたけど……確かスズメバチは、『ワスプ』とか『ホーネット』っていうんじゃなかったっけ？）

食材鑑定してみると、ビンゴだ！

「ノアさん待って！　巣の水攻めより、真空状態で窒息させたほうが――」

「シンクウ？」

この世界の人には通じない概念なのか⁉

「巣は俺にやらせてください！　試してみたい策があります！」

「解った。でも、絶対巣には近寄らないで。十メートルくらい離れていれば大丈夫だけど、警戒範囲に侵入したら、毒針で刺されるよ」

「了解です！」

俺はノアの忠告に従い、今いる場所から、新しい魔法を試してみることにした。

想像したのは、食品の鮮度を保つための真空保存パック。

壊れやすいお菓子やコーヒー豆は、窒素ガス充填真空パックで保存されている。

「《窒素ガス充填《じゅうてん》真空パック！》」

俺は高級食材の巣蜜――コムハニーを採取したいから、うっかり完全真空にして蜂の巣を壊さないよう、魔力操作で樹洞の中の巣を覆う壁を作り、そこへ窒素ガスを充填して酸素を抜き取っていく。

『洋食屋見習いが、Bランク相当のキラービーの巣を殲滅《せんめつ》しました。

獲得経験値倍加の重複付与により、獲得した経験値が十六倍になります。

レベルが2上がりました。洋食屋見習いレベル39』

討伐成功の声が聞こえたので、俺はキラービーごと、アイテムボックスに蜂の巣をごっそり回収した。

「やったね、ニーノさん！　キラービー、全滅したよ！」

ジェイクが歓声を上げ、何やら難しい顔で考え込んでいたノアが、躊躇いがちに言う。

「……ニーノさん。キラービーの巣を殲滅した魔法、風魔法だけじゃないよね？　たぶん結界魔法との合わせ技。俺にはそう見えたんだけど……もしかして、超レアな結界魔法も使えるの？」

（……げっ、ヤバい。あれ結界魔法だったんだ……）

内心冷や汗ものだったが、面倒なことは避けたいので、笑ってごまかす。

「気のせいじゃないですか。巣の周りに空気が薄い場所を作っただけです」

ノアはほぼ確信を持っているようだけど、探られたくない俺の気持ちを察してくれたのか、それ以上追及されなかった。


俺たちは再び馬車に乗り、リファレス王国目指して森の中を進んでいく。

魔馬が引く馬車には、低ランクの魔物は近寄ってこない。

でも、ここは森の深部だから、いるんだよ。魔馬を恐れない魔物が。

「まずい！　イヴィルホークに獲物認定された！　後ろから追いかけてきてる！」

ジェイクが焦った声を上げ、冒険者たちの間で緊張が走る。

「選りに選って、Ｂランクの飛行魔獣か……。こんな大物、滅多に出ないのに……」

「昏睡して死に至る『悪夢の呪い』を付与する邪眼を持っているから、こっちから攻撃しづらい相手だね」

オリバーとノアが苦い顔で呟き、御者を務めるヒューゴが叫んだ。

「スピードを上げて、ヤツの縄張りから逃げる！　頼むぞ、ヴィント！」

馬車のスピードが上がり、激しい揺れに翻弄される。

「にゃぁーっ！」

「わぁーん！」

「キュー！　キュー！　パパぁ！　ママぁ！」

ゴブリンの群れに襲われたことを思い出したのか、子供たちがパニックを起こして泣きだした。

俺は、怯えて震える子供たちを励ますように、優しく抱きしめて言い聞かせる。

「大丈夫。大丈夫だよ」

理由は言えないけど、本当に大丈夫なんだ。

なぜなら、俺たちは全員、『状態異常無効』『状態異常回復』効果のある、『カシャの泉奇跡の水』で作った経口補水液を飲んでいるから。

イヴィルホークが付与する『悪夢の呪い』は完全に防げるし。

護衛のBランクの冒険者パーティーは、異世界料理で一時的に全ステータスを十倍以上底上げしている。

魔馬のヴィントだけは経口補水液を飲んでないから、『悪夢の呪い』を付与される可能性はあるけど——そのときは奇跡の水をかけてやれば、すぐ正気に戻るだろう。

今はとにかくヴィント頼みで、逃げ切れるよう祈ることしかできない。

ヴィントは必死に頑張ってくれているけど、敵はBランク魔獣。どこまでもしぶとく追いかけてくる。

「イヴィルホーク、全然諦める気なさそうだよ。振り切るのは難しいかも」

おそらくジェイクの察知スキルは、視覚に頼らず、魔物を捕捉できるんだろう。

「俺が魔法で攻撃する。目視《もくし》すると呪いを付与されるから、協力して、ジェイク」

ノアがそう言って御者席へ移った。

目を閉じたノアの腕をジェイクが掴み、迷いなく方角を誘導する。

「この方向で、五メートルくらい先にいるよ。高度は――」

ジェイクの指示に従って、ノアが魔法を放つ。

「世界の理を統べる者よ。風を操り、変化をもたらす大いなるものよ。

我が請願に応え、音速の叫びを彼方へ解き放ち給え。《爆風型衝撃波《ブラストウェーブ》!》」

後方の空で爆音が響き、いつもの声が聞こえる。

『異世界料理を食べた冒険者が、Bランクのイヴィルホークを討伐しました。

獲得経験値倍加の重複付与により、冒険者が十四倍の経験値を獲得。

冒険者が獲得した経験値の五十パーセントを獲得しました。

レベルが3上がりました。洋食屋見習いレベル42。

レベル40達成ボーナスで、料理人用アイテムボックスの機能がレベルアップしました』

「やった！　討伐成功！」

ジェイクもスキルで結果が判ったようだ。

俺は心の中で強く念じた。

（《さっきノアに討伐されたイヴィルホークを、アイテムボックスに収納！》）

『収納完了しました』

討伐後の魔物を指定するだけで、目視できなくても収納できるもんだな。

馬車のスピードが、少しずつ緩やかになっていく。

「討伐したイヴィルホークを回収できたら、かなり稼げたんだけどな……」

ジェイクが残念そうに呟いたので、教えてあげることにした。

「俺がアイテムボックスに回収しましたよ。リファレス王国の冒険者ギルドで、他の魔物と一緒に渡しますね」

「ひゃー！　さすがニーノさん！　俺、今回の仕事の稼ぎで装備を新調できるかも！」

喜んでもらえて何よりだ。


この辺りはまだ危険な魔物が多い森の深部だけど、頑張ってくれたヴィントを労うために、強い魔物の縄張りではない場所を探して休憩することになった。

ヒューゴが樽から桶に水を移し、ヴィントの前に置いて言う。

「何が起こるか解らないから、馬車から放してやれなくてごめんな。たっぷり水を飲んで、休憩してくれ」

俺は子供たちを連れてヴィントのところへ行き、ヒューゴに聞いてみた。

「俺の故郷の馬は甘いものが好物なので、ヴィントに角砂糖をあげてもいいですか？」

「ありがとう。ご褒美をもらえたら、きっと喜ぶだろう。ヴィントは俺がテイムした従魔だから、直接手で食べさせても大丈夫だ。やってみるか？」

「ぜひ！」

「よーしよし、ヴィント。ニーノさんがお前におやつをくれるそうだ。よかったな」

俺はきび砂糖のキューブをひとつ掌に載せ、ゆっくりヴィントの口元へ持っていく。

角砂糖を食べたヴィントは、モグモグペロペロと口を動かし、『もっとくれよ』と目で俺に催促する。

「おにーちゃん。おれもやってみたい！」

「キャティもにゃ！」

好奇心旺盛な幼い子供に、キラキラしたつぶらな瞳でおねだりされたら断れない。

ヒューゴの許可を得られたので、俺はシヴァとキャティに角砂糖を一つずつ渡した。

「ラビもやってみる？」

臆病で大人しいラビは、引き攣った顔でプルプルと頭を横に振る。普通の馬より大きい魔馬が怖いのかもしれない。

子供たちが角砂糖をあげている間に、俺はこっそり『カシャの泉　奇跡の水』とレモン汁を、ほんのちょっとだけ水桶に混ぜた。

いつか誰かが『ペットに硬水を飲ませちゃダメ』って言ってたけど、鑑定によると、召喚水なら混ぜても大丈夫。むしろ薄まった付与魔法でスタミナドリンクになっている。

「じゃあ、俺たちもおやつにしようか」

「「「うわぁーい！」」」

今日の午後のおやつは、三合炊飯器で作ったキャロットケーキとパンプキンケーキ。飲み物は、大人は無糖抹茶ソーダで、子供はかき氷シロップで作ったメロンソーダだ。

「すっごくおいしい！」

「おひるのケーキとちがうにゃ！　これもしゅきにゃ！　ショーダもおいしいにゃ！」

「ぼくも、ケーキもソーダもだいすき♪」

体全体で『美味しい』を表現する子供たちを見ていると、心が癒される。

喜んでいる子供たちをじっと見ていたジェイクが、怪訝な顔で俺に囁く。

「なあ、ニーノさん。オレらのソーダと子供たちのソーダ、ちょっと色が違わない？」

「ええ。子供に抹茶は刺激が強すぎるから、あの子たちにはメロンソーダを出したんです。ナイショですよ」

「口止め料は、メロンソーダの味見でいいよ」

聞き耳を立てていたノアにも期待の眼差しで見つめられ、結局冒険者たちにも、お代わりと称して、メロンソーダをちょっとずつ振舞った。

4. 異世界子連れ旅

夕飯時を迎える前に、近くに水場のある野営地に着いた。

「そこに生えてる大樹は、魔物の忌避剤の主原料なんだ。ほとんどの魔物は樹に近づくのを避けるから、森の深部の中では比較的安全だが、忌避剤が効かない魔物もいる。俺が許可するまで、絶対に馬車から降りないでくれ」

そう言い残して、ジェイクとともに偵察に行ったオリバーが『問題ない』と判断したので、ヒューゴがヴィントを馬車から放して水場へ連れていく。

他のメンバーが大樹を囲むようにテントを設営し、俺は子供たちを見守りながらテーブルセッティング。

みんな揃ったところで、アイテムボックスから料理を出した。

「今日の前菜は『真鯛《まだい》のカルパッチョ』。エディブルフラワーを散らしてみました。全部食べられるお花だよ」

矢車菊《コーンフラワー》とキンセンカ《カレンジュラ》の花びら、みじん切りのイタリアンパセリ、ピンクペッパーを全体に散らし、中央に色とりどりのナデシコ《ダイアンサス》を飾った大皿料理。その華やかさに、子供たちが歓声を上げる。

「うわぁ！」

「きれいにゃ！」

「うん。すごくきれい……」

でも、冒険者たちは表情を曇らせた。

「これは……」

「……この魚、火を通してないよね？」

「魚には寄生虫がいるから、生で食べると腹を壊して、大変なことになるらしいぞ」

「凄い激痛なのに、ポーションや治癒魔法を使うと悪化するから、自然に治るのを待つしかないんだって」

なるほど、そういうことか。

「火を通さなくても、低温で一日以上冷凍すると、寄生虫は死滅しますよ。俺の場合は、アイテムボックスに収納するだけで取り除けますし。食材鑑定スキルを持っているので、腐敗や毒物、寄生虫が原因で食中毒を起こすことはありません。安心してください」

説明して少量ずつサーブすると、お魚が大好きなキャティが大喜びで食べ始めた。

「にゃっ！　にゃにゃっ！　このおしゃかにゃ、しゅっごくおいしいにゃ！　たべにゃいにゃら、キャティがたべるにゃっ！」

「うわぅ！　おいしい！　おれも、もっとたべたい！」

「ぼくも、おさかなと、まんなかの、あまいおはながほしいの」

　満面の笑みを浮かべておねだりする子供たちを見て、冒険者たちもおずおずとカルパッチョを口にした。

「えっ⁉　生の魚料理って、こんなに美味しいの⁉」

「こんな魚料理、初めてだ……」

「柑橘風味でさっぱりしてて、食が進むな」

「食わず嫌いしなくてよかったよ。勇気を出した自分を褒めてやりたい……」

　ふふふ。目でも舌でも匂いでも楽しませちゃうよ。

「次はクリームシチュー。付け合わせはガーリックトーストです」

　森で野営する冒険者は四人組が多いと聞いていたので、大皿料理や汁物はだいたい五人分を目安に作ってきた。それを八人で取り分ける。

「にゃにゃにゃっ！　このしろいシュープ、あまくておいしいにゃ！」

「わぉ〜ん！　おいしいよぉぉぉ〜！」

「あったかくて、とろとろ……。おいしい♪」

　ほんのり甘いクリームシチューは、子供たちに大人気だ。

「昨日のスープも、味噌汁も、冷たいスープも美味かったけど、俺もクリームシチューが一番好きかも！」

「俺もだ！　いや、ホント美味い！」

「ガーリックトーストと相性がいいな。一緒に食べると美味さが引き立つぞ」

「……クリームシチューが白いのは、動物の乳が入ってるから？」

「ええ。ヴィシソワーズにも乳製品を使っていますが、クリームシチューは、バター・小麦粉・牛乳・塩・胡椒で作ったホワイトソースがベースになっています」

みんな食べ終ったところで、次の料理をサーブする。

「とろとろお肉のビーフシチュー、バターパスタ添えです」

ビーフシチューは、短時間で肉を柔らかくするため、牛バラ肉で作った。

二人分を八人で取り分けたパスタは、端っこにちんまり添える程度の量だ。細長いスパゲッティーニを使っているから、子供たちには、食べやすいよう短く切って盛りつけた。

にっこにこの笑顔でビーフシチューを頬張ったシヴァが、また嬉しそうに吠える。

「わぅ～ん！　これも、すっごくおいしいよぅ！」

「にゃーん！　キャティ、おにくもしゅきにゃんよぉ～！」

「ほんとにとろとろ……。おにく、おいしいねぇ♪」

大人も期待に瞳を輝かせ、配った順にシチューを食べて、感嘆の声を漏らす。

「うっわ、この肉ウマっ!! こんな柔らかくて美味い肉、食べたことないよ!」

「ワイルドボアもトンカツも美味いが、ビーフシチューも最高だ!」

「確かに美味い! 極上の肉だ! ちょっと食べにくいが、このバターパスタも、シチューに絡めて食べると美味いぞ!」

「俺もこの味、大好きだ! ニーノさんのご飯最高!」

うんうん。そう言ってもらえると、料理人冥利《みょうり》に尽きるよ。

「次は口直しに、塩昆布とトマトのマリネをどうぞ」

こってりしたものを食べると、さっぱりしたものが欲しくなるよね。

「最後は、シーフードパエリアと、牛肉と茸《きのこ》のパエリアです」

パエリアといえばシーフードが定番だけど、肉を使ったパエリアも美味しいんだよ。

牛肉と茸のパエリアは、五種類の茸の旨味と玉ねぎの甘み、にんにくとサフランの風味を生かし、夏野菜のパプリカを散らして、赤・黄・緑の彩りを添えている。

牛は貯蓄運アップの縁起物で、健康運・金運アップの茸と旬の野菜、厄除けの香味野菜を使っているから、『元気に働いて、順風満帆の裕福な生活ができる』開運料理だ。

シーフードパエリアは、有頭《ゆうとう》エビと殻付きのハマグリ、タコ、スルメイカに、香味と彩りを添える野菜とサフランを使っている。

「「「うっわー! 豪華!」」」

「「すごーい！」」

「おいしょー！」

ガッツリ肉派の冒険者たちも、みんな華やかなシーフードパエリアをガン見してるよ。

「エビは老人みたいに髭が長くて腰が曲がってるのに、ピチピチ元気に跳ねるから、『健康長寿』の縁起物《ラッキーアイテム》なんです。脱皮するから、『成長と発展』『再生』『復活』という意味の縁起物《ラッキーアイテム》でもありますね。前菜で出した真鯛も『めでたい』縁起物《ラッキーアイテム》なんですが、体色が俺の故郷の慶事に使う紅白なのは、エビやカニを食べて赤くなったからだとか」

皿に取り分けながら蘊蓄を披露すると、冒険者たちが「「「へぇー」」」と相槌を打つ。

「殻付きの二枚貝はハマグリといって、『夫婦和合』の縁起物《ラッキーアイテム》です。俺の故郷の結婚式の祝い膳では、必ず『蛤吸《はますい》』というハマグリの吸い物《スープ》が出るし。良縁をもたらす開運料理《ラッキーフード》として、女の子の成長を祈る雛祭り《フェスティバル》でも、蛤吸が出るみたいです。タコは『多くの幸せ』を呼び、寿留女《するめ》イカは『良い嫁が末永く留まってくれる』縁起物《ラッキーアイテム》ですよ」

「「嫁の当てなんてねーよ！」」

「ニーノさん。オリバーとヒューゴに、いい嫁が来てくれるラッキーアイテムはないの？」

「嫁の前にまず恋人でしょ」

思わず叫んだ年長者二人を、若いジェイクと美形のノアが茶化し、俺もなんとも切ない気分で答える。

「トマトや、パエリアに入ってるレッドパプリカが、恋愛運アップの縁起物《ラッキーアイテム》です」

「『じゃあ、レッドパプリカを多めによそってくれ』」

年長者二人のリクエストに続き、ジェイクもちゃっかり有頭《ゆうとう》エビを指差して言う。

「ねえねえ。オレはこのエビが欲しいな。一匹オレにちょうだい！」

「あっ、それ、俺も狙ってたんだ！」

「キャティもエビほしいにゃ！」

「おれもたべたい！」

「ぼくも！」

「エビは俺の好物だ！　頼むから俺に食べさせてくれ！」

「俺も大好物だ。エビは港町でしか食べられないんだ。みんな食べたいに決まってる！」

ジェイク、ノア、子供たち、オリバー、ヒューゴがエビを狙って睨み合う。

みんなに食べさせてあげたいけど、有頭エビは五匹しか召喚されてなかったんだ。

緊迫した状況の中、ジェイクが大人げなく子供たちに言う。

「お子様は、上手に殻を剥いて食べられないだろ？」

「たべるにゃ！　エビがいちばん、おいしいしょーにゃ！」

負けずに言い返すキャティに、頷きながら同意するシヴァとラビ。

有頭エビを巡って睨み合う面々に、俺は妥協案を提示する。

「この有頭エビは、脱皮直後のソフトシェルシュリンプで、丸ごと食べられるんです。大人にはもう一品、子供が食べられない料理を出しますので、エビは子供たちに譲ってあげてください。余った二匹をカットして取り分けますから」

冒険者たちが「仕方ないな」「俺たちは大人だから」と承諾してくれたので、もめずに済んでほっとした。

二種類のパエリアを取り分けたあと、冒険者たちが希望する量のサフランライスにカレーをかけ、福神漬けを添えて配っていく。

もちろん、俺も食べるよ。ちょっとだけね。

「このカレーはスパイスがいっぱい入ってて、辛くて子供は食べられないけど、また今度、子供用の辛くないカレーを作ってあげるからね」

念のため『意地悪じゃないんだよー』とアピールすると、狙っていたエビをゲットしてご機嫌な子供たちは、全身で喜びを表現しながら素直に頷く。

二種類のパエリアとカレーは大好評だった。

「食後のデザートは、バナナヨーグルトのコムハニー添えです」

バナナヨーグルトの皿に巣蜜《コムハニー》をトッピングしていると、ジェイクが驚きに目を見開く。

「これ……もしかして、今日討伐したキラービーの蜂の巣？」

「ええ。これはキラービーが蜜蝋で蓋をして、新鮮な蜜を貯蔵していた蜂の巣です。蜂の巣には体にいい成分がたくさん含まれているので、疲労回復や病気の予防効果があります。若い人には関係ないけど、薄毛や白髪を改善する効果もありますよ」

俺の解説を聞いて、ライオンの鬣のように逆立つフサ毛のオリバーが呟く。

「それは……うちの親父が泣いて喜びそうだな」

この人のフサ毛が、両親どちらの遺伝かちょっと気になった。

コムハニー添えのバナナヨーグルトは、大人にも子供にも大好評だ。

「クイーンビーをテイムするのは難しいから、キラービーの蜂蜜は高級品だぞ」

「普通の蜂蜜より濃厚で、甘くて美味しいよ！」

「蜂の巣を食べるなんて、滅多にできない経験だね！」

「親父にも食べさせてやりたい……」

「あっ！　しろいのしたに、おひるにたべたケーキとおなじの、はいってるにゃ！」

「くぅ～ん！　ケーキにはいってたあまいのも、ハチノスもおいしぃ～！」

「あまくてとろとろ……♪」

またまた尻尾をピン！　と立てて喜ぶキャティと、高速で尻尾を振り回すシヴァとラビ。

明日、君たちの尻尾の周りが筋肉痛にならないか、お兄ちゃんは心配です。

笑顔の子供たちを見守りながら、俺もキラービーの巣蜜を食べてみたけど、最高に美味しい！　頑張って討伐した甲斐があったよ！

食事のあと、俺は子供たちを連れて自分のテントへ入った。

たまたまソロ用テントが品切れで、間に合わせで買った四人パーティー用のテントだけど、これなら子供たちと一緒に寝られる。

毛布を敷いて寝床を作ってあげると、子供たちは並んで横になった途端、すぅっと眠ってしまった。

（寝顔も可愛いなぁ……）

子供たちが風邪をひかないよう、そっと上掛け用の毛布をかけてあげた。

（……そういえば、今日もレベルアップしたんだっけ。子供たちが寝ている間に、確認してみるか。《亜空間厨房オープン！》）

開いたドアから中へ入ると、そこにあったのは、十畳ほどのダイニングキッチンだ。

魔道コンロと流しはL型に配置され、コンロが四つ口に増えていた。

魔道流し台もさらに広くなり、二層シンクで水栓も二つある。しかもセンサー水栓だ。

水栓の横には、魔道センサー式泡ハンドソープディスペンサーも設置されている。

そしてなんと、手をかざすだけで水魔法で余分な水分を吸収し、光魔法で殺菌しながら、回復魔法で肌に潤いを与えてくれる魔道タオルが増えていた。これで手荒れ知らずだな。

魔道炊飯ジャーは七合炊き。魔道オーブンレンジは、パンの発酵機能を搭載したスチームオーブンレンジに進化している。

魔道冷蔵庫も大型化し、横にアイスクリーム・シャーベット製造機がくっついていた。

「アイスコーンが召喚されてるから、ソフトクリームも作れるぞ！」

その隣に並んだ魔道コーヒーメーカーは、ホットだけでなく、アイス氷なし、アイス氷入りも選べる仕様に変わっている。

ティープレッソ機能も追加され、抹茶ラテや紅茶ラテも作れるようになった。

「まるでドリンクの自動販売機だな」

二人掛けのダイニングテーブルは、四人掛けに変わっている。

空の食器棚や吊戸棚も増えて、いろいろ収納できるようになったのも嬉しい。

レベル３０達成ボーナスは魔道ホットプレートで、たこ焼きプレート付きだ。

レベル４０達成ボーナスは魔道餅つき機。餅だけでなく、パン・うどん・和菓子生地や、赤飯、茶わん蒸しなどの蒸し料理、自家製味噌も手間暇かけずに作れる。

召喚食品庫はサイズアップして、追加で召喚された食材がぎっしり詰まっていた。

召喚冷蔵庫は、パーシャル室とワインセラーが増えてる！　マジか！　美味しいワインが召喚されるといいなぁ……。

召喚水サーバーも、一種類につき五十リットルずつに増え、採水地が追加されている。

【ヴェルジェーズ天然強炭酸水】採水地・フランス《鉱泉水》硬水
火・土・水属性魔法の耐性・親和性上昇。体力増強。魔力循環向上。
細胞の若返りによる身体能力向上。治癒力・免疫力・新陳代謝上昇。
デトックス効果による疲労回復・疲労軽減。酩酊耐性。酩酊回復。
乗り物酔いの予防と回復。美容効果。健康増進。

【弁天池《べんてんいけ》の延命水】採水地・山口《鉱泉水》超軟水
毎日飲めば老いることなく、百日間飲み続けると一年寿命が延びる。
運二倍効果を付与できる有り難い神秘の水。
《弁財天の守護》水難守護。水魔法の威力向上。身体機能向上。一発必中の勝運武運。
商売繁盛。金運財運。技芸上達。魅惑の美声。学業成就。立身出世。
若返り美容効果。延命長寿。縁結び縁切り。子授け。安産。

運二倍効果のある水が増えて、すごく嬉しい。
「今日は延命水で麦茶を作るか。強炭酸水が手に入ったから、コーラとジンシャーエールも作ろう」

自家製コーラシロップは、コーラナッツ、カルダモンシード、クローブホール、シナモンスティック、バニラビーンズなどのスパイスと、水、三温糖、レモンを入れて煮込み、冷まして濾すだけ。水は『後方羊蹄山《しりべしやま》の神の水《カムイワツカ》』を選んだ。

コーラナッツを抜けば、ノンカフェインのコーラも作れる。

自家製ジンジャーエールシロップは、生姜、三温糖、蜂蜜、水、レモンが基本の材料で、辛口は鷹の爪、カルダモンホール、クローブホール、シナモンスティック、スターアニス、ブラックペッパーなどのスパイスを加えて煮る。あとはコーラと同じだ。

四種類のシロップを作って鑑定してみたけど、薬効があって運も上がるスパイスをたくさん配合してるから、付与効果が高い。

「うわ！　コーラナッツ入りシロップ、一杯分のカフェインがコーヒーの二倍で、スタミナドリンクより効きそうだよ！」

こんなの寝る前に飲めないし、常飲するわけにはいかないから、ノンカフェインコーラも作って正解だった。

「レモネードやレモンスカッシュも飲みたいから、ハニーレモンシロップも作るか」

できたシロップは、コーラナッツ入り以外、二種類の炭酸水割りにして味見した。

「うまー！　コーラやジンジャーエールのレシピを知っててよかったッ!!」

早速新しい魔道具で、バニラアイスクリーム、大福餅、たこ焼きも作ってみたよ。

「子供用のおむすびや、子供たちが喜びそうなおかずも作ろう。今日からフードプロセッサーが一日五回使えるようになったから、ストック用の野菜の下拵えもしておくか」

必要なものをいろいろ作り置きして、明日の味噌汁用の熱湯や、緑茶用の温湯、冷水もボトル詰めしていく。

用事を済ませて亜空間厨房を出た俺は、子供たちを起こさないよう、そーっとテントを抜け出し、夜の見張りの二人に、昨日と同じ差し入れを渡した。

その後テントに戻ってマントに包まり、子供たちの傍らで眠りについたんだ。

◇

◆

◇

翌朝、目覚めとともに、またいつもの声が聞こえる。

『異世界料理を食べた冒険者が、Bランク以下の夜行性魔獣を多数討伐しました。

獲得経験値倍加の重複付与により、冒険者が最大十六倍の経験値を獲得。

冒険者が獲得した経験値の五十パーセントを獲得しました。

経験値倍加の重複付与により、獲得した経験値が最大十六倍になります。

レベルが3上がりました。洋食屋見習いレベル45』。

俺が静かに身を起こすと、気配に気づいたシヴァがパッチリ目を覚ます。

「おにぃちゃん、おはよ！」

寝起きがいいシヴァは、すっきりした顔をしている。

シヴァの声でラビも目が覚めたようだが、こちらは気怠《けだる》げに目を擦って、「ふわぁ～」

と可愛い欠伸をした。

キャティはまだ夢の中。『猫はよく寝るから猫だ』とか、『寝る子は育つ』とか言うけれど、まだ三歳の幼児なんだから、しっかり眠って、健《すこ》やかに育ってほしい。

俺は温かいおしぼりを出して顔を拭き、男の子たちの顔も拭いてやる。

おしぼりが気持ちいいのか、嬉しそうに尻尾を振って、笑顔で抱き着いてくるシヴァ。

世話を焼かれて嬉し恥ずかしといった様子で、はにかんだように微笑むラビ。

二人とも可愛くて、守ってあげたい衝動が込み上げてくる。

三人で延命水の麦茶を飲んで喉を潤し、俺は子供たちを誘ってみた。

「朝ご飯の時間まで、お外で体を動かして遊ぼうか？」

シヴァは満面の笑みで、ラビはおずおずと頷いたので、二人をテントから連れ出す。

すると、未明から見張りをしていたノアが、すすっと俺に近寄ってきた。

「おはよう、ニーノさん。差し入れありがとう。ニーノさんが出してくれるご飯や飲み物って、なんか妙に元気になるんだよね。差し入れのコーヒーなんて、飲んだ途端、急に夜目が利くようになって、魔力が漲って魔法の精度が上がるんだよ。ホントに魔力を上げるポーションとかじゃないの？」。

図星を刺されて、冷汗が出そうだ。

「違いますよ。まあ……いろいろ効能のある薬種を使った飲み物だから、酒に代わる嗜好品として、軍で支給されてると聞いたことはありますけど……」

「やっぱりね。あれってどこで手に入るの？」

「この辺りじゃわかりません。俺の故郷の飲み物だから……」

「故郷から手に入れることはできないの？」

「すみません。俺、ヘルディア王国に誘拐されて、故郷への帰り方が判らないんです。幸い大容量のアイテムボックス持ちで、当面の食料には困らないし。どうにか金を工面して、隣国へ逃げてる最中で……」

「ああ……だからあの契約条件だったんだね」

待ちぼうけで退屈したのか、不意にシヴァが俺の袖を引く。

「おにぃちゃん。あそばないの？」

「ああ、ごめんごめん」

ノアが見張りの定位置に戻り、俺は子供たちと向かい合って、子供番組の体操のお兄さんを意識して、弾むように明るく元気な声で言う。

「今からラジオ体操をするから、お兄ちゃんと同じように動いてね！」

遊びと称してラジオ体操を教えるのは、ヘルディア王国の城で、ベルコフが言っていたからだ。『子供は運動するだけでもステータスが上がる』と。

俺はラジオ体操番組を思い出しながら、動きと言葉で体操を教えた。

二人は笑顔で、楽しそうに俺の動きを真似している。

「シヴァ、左右逆になってるよ。そう、上手！　ラビはもっと胸を張って、元気よく体を動かそう」

ラジオ体操第二のラストの深呼吸をしているとき、キャティが泣きながらテントから出てきた。

「にゃーん！　おめめしゃめたら、みんにゃ、いにゃかったにゃー！」

目が覚めたら一人ぼっちで、淋しくてパニックを起こしたようだ。

「ごめんね。キャティが気持ちよさそうに寝てたから、もう少し寝かせてあげようと思ったんだ」

「おしょといくなら、おこしてほしかったにゃ。にゃかまはじゅれはいやにゃ～」

「うん。次からは、キャティも誘うからね」

拗ねたように泣きじゃくるキャティを宥め、ぐしょぐしょの顔をおしぼりで拭いていると、オリバーとジェイクもテントから出てきた。

「朝から何をぐずっているんだ？」

事情を話すと、二人は微笑ましげにキャティを見つめ、口元が緩むのを堪えている様子で沈黙する。

冒険者たちにもおしぼりを渡して、俺は手早く朝食の準備を整えた。

「今日の朝ご飯は、肉味噌・たらこ・エビマヨおむすびと、なめことワカメと麩《ふ》のみそ汁、水ナスと塩昆布と鰹節の浅漬け、出汁巻き玉子、鯖の塩焼き、ウインナー、きんぴらごぼう、カボチャの煮つけです」

「おおっ！　俺の大好きなダシマキタマゴ！」

うん。ジェイクが気に入ってたし、子供たちにも食べさせたくて昨夜作った。

「にゃにゃにゃ！　おしゃかにゃ！」

魚を見つけたキャティの瞳がキラーン！　と輝く。

鯖の塩焼きも、キャティとヒューゴが魚好きだから、お弁当サイズでメニューに追加したんだよ。

色違いのワックスペーパーと紙紐で包んだおむすびを見て、ノアが嬉しそうに言う。

「このニクミソって、ミソシルと同じ味なの？」

「いえ。肉味噌は調味料と薬味を加えた、味噌汁より甘辛い味噌で味付けした挽肉です。

おむすびは、俺の国では神様に捧げる供物《くもつ》の一つで、『良縁を結ぶ』とか『実を結ぶ』、つまり『努力の結果が出て成功する』という開運料理《ラッキーフード》なんですよ。具材も、エビはもちろん、たらこは『子孫繁栄』、豚肉は『富と繁栄』、牛肉は『貯蓄運アップ』の縁起物《ラッキーアイテム》です。神様の加護が付いて、おむすび一個で運が爆上がりしますよ」

「へぇー。じゃあ、今日もしっかりラッキーフードを食べて、運を上げなきゃね」

「すでに俺たち、ニーノさんと縁を結んで、美味しい料理を食べられてラッキーじゃね？」

ノアのセリフにジェイクが突っ込み、各々好きな料理から手に取っていく。

俺も子供たちにおしぼりで手を拭くよう促し、「いただきます」と手を合わせてから、おむすびをひとつ手に取った。

それを見て、ジェイクが不思議そうに指摘する。

「ニーノさん、いつも食事の前に、そうやって手を合わせるよね」

「ええ。これは合掌《がっしょう》といって、敬意や感謝の気持ちを込めて拝《おが》む仕草です。俺の故郷では、食事の前に『いただきます』、食後に『ごちそうさまでした』と言って合掌するのがマナーでしたけど、食前に、神様に祈りを捧げる宗教もありますね」

「そーなんだー。エポーレア大陸では、ほとんどの人が大地母神ティライア様を信仰してるけど、食前の祈りの習慣はないよね」

「庶民は屋台で外食が基本だからな。むっ、エビマヨオムスビも美味かったが、タラコオムスビ、最高だ！」

　オリバー。実はそれ、辛子明太子《からしめんたいこ》おむすびで、子供用がたらこおむすびなんだ。幼児が刺激物を欲しがらないよう、名前を統一したんだよ。

　きんぴらごぼうも同じ理由で、鷹の爪を入れずに作った。

「おしゃかにゃ、もっとたべたいにゃ～」

　真っ先に鯖の塩焼きを食べたキャティが、空の紙皿を切ない眼差しで見つめている。

　シヴァはパクッとウインナーにかぶりついた途端、尻尾をブンブン振り回す。

「ぅわん！　このボー、おいしいおにくのあじ！」

　それを聞いて、キャティとラビと冒険者たちもウインナーに手を伸ばす。

「ほんとにゃ！　おにくのあじにゃ！」

「おいしーね」

「肉っぽい匂いがするとは思っていたが、やはり肉料理だったのか！」

「うっわ、うっま!!　なにコレなにコレ！」

「これは美味い！　エールが飲みたくなる味だ」

「パリパリの皮を噛み切ると、じゅわっと肉汁が溢れてくるよ！」

　そうなるよう、切れ目を入れずにオリーブオイルで焼いて、最後に大匙一杯の水を入れて蒸し焼きにしたからね。

ちなみにウインナーは『勝利者《WINNER》』。オリーブオイルは『災難が過ぎ去り平和が訪れる』といった意味の縁起を担いだ運二倍料理だ。

ウインナーを食べ終えた子供たちは、嬉しそうにカボチャの煮つけを食べている。

甘い味付けで、とろっと柔らかく煮つけているから、子供は絶対喜ぶと思ってたよ。

しゃきしゃきした甘辛いきんぴらごぼうはオリバーに、ジューシーな水ナスの浅漬けはヒューゴにウケた。

「食後のデザートは、酔い止めのソーダです」

大人は昨日作ったコーラだけど、子供は濃い目に作った麦茶のソーダ割りだ。

市販のコーラは黒いけど、このコーラはカラメル抜きで作ったから、麦茶に見えなくもない薄茶色。子供たちは、大人用と子供用が別物だなんて気づかないだろう。

紙コップの中を見たノアが意外そうに呟く。

「今日は抹茶ソーダじゃないんだね」

「これも美味いな！　砂――」

俺は人差し指を口元に当て、アイコンタクトでオリバーを黙らせ、囁き声で告げる。

「これは薬効のあるスパイスを組み合わせた、コーラという飲み物です。子供は飲めないから麦茶ソーダを渡したので、ナイショですよ」

冒険者たちは察して、感想を控えてくれた。

野営地を出発し、俺たちは順調にリファレス王国へ向かっている。

たまに魔馬に張り合うように追いかけてくる魔物はいたが、なんとか振り切れた。

「この辺りで休憩するぞ」

オリバーの許可が出て、馬車から降りた俺は、まずヒューゴに聞いてみる。

「ヴィントに果物をあげてもいいですか？」

「構わんぞ。よかったな、ヴィント」

嬉しそうに嘶《いなな》くヴィントにあげたのは、子供たちが気に入っていたバナナだ。

「わぉーん！　あまくていいにおいがするぅ～！」

シヴァが鼻をヒクヒクさせて、うっとりしながらそう言うと、キャティも気づいて騒ぎ出す。

「にゃにゃっ！　きのーたべた、あまいのにゃっ！」

「いいなぁ……」

ラビがすごーく羨ましそうに、切ない瞳でバナナを見た。

「食べたいなら、おやつにバナナを出してあげるよ」

「「「うわぁ～ぃ！」」」

　みんな万歳しながら大喜びで飛び跳ねている。ラビは兎人族だけあって、幼児とは思えないジャンプ力だね。

（そのまま出したら異世界料理にならないし。今日はいつもより暑いから、スライスバナナにバニラアイスクリームを添えてみるか）

　バナナとバニラアイスだけじゃ、彩りがなくて淋しいので、ピンクと黄色のバーベナを飾ってみた。

（おおっ！　いろいろ付与できた！　エディブルフラワーのバーベナは、魔力アップ・意欲アップ・理解力アップ・忍耐力アップ・魅了の効果があるんだね）

　人数分のおやつを用意している俺の傍で、子供たちは鼻と耳と尻尾を動かしながら、ウキウキそわそわしっ放し。

「くぅ～ん！　バナナのにおいと、うれしいにおいがするよ！」

「にゃんか、しゅっごい、おいししょーにゃん！」

「あまいにおい……」

　冒険者たちも期待に頬を緩ませながら、じっとこっちを見てる。

「お待たせ。『バニラアイスクリームのバナナ添え』だよ。飾りの花も食べられるからね」

　まず子供たちに配ってから、冒険者たちにも配っていく。

　子供たちは、気になっていたらしいアイスから口に運ぶ。

「わう！　つめたーい！　あまーい！　おいしいー！」

「にゃにゃにゃにゃにゃっ！　にゃにこれー！」

「プゥプゥ！　おいしくて、とびあがりそうだよぉー！」

「いやいや、飛んじゃだめだよ、ラビ。アイスがこぼれちゃうからね」

苦笑交じりに突っ込むと、ラビが恥ずかしそうに赤くなる。可愛い。

甘党のノアは、一口食べた途端にうっとりしてるし。

ジェイクも大喜びではしゃいでる。

「オレ、凍ったお菓子を食べたの、初めてだ！」

「そもそも俺は、菓子と言えば、ドライフルーツやソルティーナッツ、焼き栗や茹で栗しか知らなかった」

「庶民の甘味と言えば、果物や木の実が主流だからな」

オリバーとヒューゴの台詞からして、やはりこの世界の食文化は遅れているようだ。

和やかにおやつを食べていると、ハッとジェイクが顔を上げた。

「馬車道の向こうの木立のほうから、オークの群れが、ゆっくりこっちへ向かってきてる。獲物を探してるのかも。数はハイオーク一、オーク十一、合計十二」

「結構多いな。会敵《かいてき》しそうか？」

「そのうち向こうも気づくと思う」

「こっちから打って出たほうがよさそうだな。ノア、バフをかけてくれ。その後、ニーノさんたちの護衛を頼む。ジェイクは先導だ。初撃は任せる。行くぞ、ヒューゴ」

オリバーがメンバーの顔を見ながらそう指示し、三人が「おぅ！」と答え、食べ終わった皿を置いて立ち上がる。

ノアの支援魔法でステータスを底上げされた三人は、馬車道付近の木陰に潜み、そこからジェイクが弓を構え、素早く連射した。

それから、オリバーとヒューゴが示し合わせて木立の向こうへ駆けていく。

剣戟《けんげき》の音が響く中、ジェイクはその場で掩護射撃を続けていた。

子供たちは怯えて耳と尻尾を垂らし、震えながら俺にしがみついてくる。

きっと勝てると信じているけど、状況が見えなくて、ちょっと不安だ。

気になるから、ノアに聞いてみた。

「オークって、強いんですか？」

「群れのリーダーは、ゴブリンジェネラルより遥かに強いだろうね。配下のオークは、たぶんゴブリンの進化個体と同じくらいか、ちょっと強いくらいじゃないかな。強い魔力を感じないから、魔法を使う特殊個体はいないと思う」

そこで、いつもの声が頭の中で響く。

『異世界料理を食べた冒険者が、Cランクのハイオーク一体と、オーク十一体の群れを討伐しました。

獲得経験値倍加の重複付与により、冒険者が十六の経験値を獲得――』

今回の戦闘でレベルが１上がり、レベル４６になった。

戻ってきたジェイクに『討伐した魔物の回収』を頼まれたから、俺は子供たちに優しく言い聞かせる。

「お兄ちゃんはお仕事を頼まれたから、ノアお兄さんと、ここで待っててくれるかな？」

子供たちは三人揃って「イヤー!!　いっしょにいく!!」と言って聞かない。

懐いてくれるのは嬉しいけど、どうしたものだろうねぇ？

「向こうには、死んだ魔物がいっぱいいるんだ。すぐ帰ってくるから、待ってて」

いくら言い聞かせても、「イヤイヤ」と泣いてぐずるばかり。

「しょうがない。撃ち落とされたイヴィルホークも、目視できなくても収納できたし。ここから回収してみるよ」

俺は少し考えて、こう念じた。

《異世界料理を食べた冒険者が討伐した、ハイオーク一体とオーク十一体を、すべて収納！》

『ハイオーク一体とオーク十一体を収納しました』

討伐した者の名前で指示しなかったのは、『過去に斃したハイオークやオーク』まで収納する可能性を恐れたからだ。こんなアバウトな指示で収納できるのは、該当するものが他にない、今だけだろう。

ジェイクに向こうの様子を見に行ってもらうと、しばらくして、三人で戻ってきた。

「いやー、大量だったなぁ」

「首から上と四肢の末端以外、傷をつけずに斃せたから、肉だけでなく、皮も高値で売れるんじゃないか？」

「ニーノさんが言ってた、おむすびの運アップ効果かもね！」

そこでオリバーが俺を見て、上機嫌な顔で言う。

「ニーノさん。さっき回収してもらったオークの群れだが――俺たちは皮があれば討伐証明できるから、肉はニーノさんに直接売ってもいいと思ってるんだ。どうする？」

「オークの肉も美味いが、ハイオークの肉はもっと美味いぞ。入手困難な超高級食材だ」

「オレ、ニーノさんが作ったハイオーク肉の料理も食べてみたいなぁー」

ヒューゴもジェイクもいい笑顔でそう告げたけど――。

（……なんか、嫌な予感がする……。弟がハマってた異世界ファンタジーでは、確かオークって、二足歩行する豚顔の、人語を話す魔物じゃなかったっけ？　服や鎧を着けてるヤツもいたよな？）

俺が想像したのは、あくまでも日本のアニメに出てくるオーク。こちらのオークは、四足歩行する動物型の魔物である可能性もあるけど、想像通りの魔物かもしれない。

「実物を見て、考えさせてもらってもいい？」

「もちろん、そうしてくれ。ノアの魔法で吹っ飛ばしたイヴィルホークと違って、傷を最小限に抑えて、きれいに狩れたんだ。品質は保証する」

　オリバーが同意したので、群れのリーダーのハイオークをこの場に出してみた。

　蛮族っぽい腰布と、肩と膝から下に世紀末な防具を着けた、二足歩行する豚顔の魔物だ。筋肉と脂肪ででっぷり太った巨体は、二メートル半は軽くありそう。

　もしかして、長身男性のギネス世界記録に挑めるんじゃないかな？

「ム……ッ、ムリムリ！　人型の魔物の肉はムリッ！　調理するのも、食べるのも、絶対ムリだからっ！」

　激しい拒絶反応を示す俺に、冒険者たちがポカーンとしている。

　料理を期待していたジェイクは、ちょっと残念そうだ。

「……まあ、ニーノさんが使わないなら、冒険者ギルドに売るから、リファレス王国の冒険者ギルドまで運んでくれると助かる」

「それは、もちろん大丈夫です。任せてください」

　オリバーの頼みを快く引き受けた俺は、ハイオークを収納し、疲労回復効果の高いレモンスカッシュをみんなに振舞った。

俺たちは再び馬車に乗ってリファレス王国を目指す。

魔馬を恐れず追ってくる魔物は、次第にいなくなった。

スリルとサスペンスから解放された子供たちは、いい加減退屈しているらしい。

「おにぃちゃん。いつまでバシャにのるのー？」

シヴァがそう言うと、キャティもラビも、もの言いたげな顔でじーっと俺を見る。

答えようがないので、チラリとオリバーの顔を見ると、俺の代わりに答えてくれた。

「何事もなければ今日中に、リファレス王国ランジェル辺境伯領の東端にある、ルジェール村に着く予定だ。昼頃には食事休憩を入れるから、もう少し我慢してくれ」

「だって。退屈なら、手遊びでもしようか」

弟妹が小さかった頃は、よく一緒に手遊びしたものだ。

俺が『バスごっこ』を『馬車ごっこ』に変えて歌いながら振り付けをして見せると、子供たちが嬉しそうに真似をする。

遊んでいるうちに時間が過ぎ、昼を少し回った頃、オリバーが告げた。

「この辺りは、ルジェール村で活動しているDランク冒険者パーティーの狩場だ。深部の危険区域を抜けたといっても油断は禁物だが、これでひとまず安心できる。ここで昼休憩を取ろう」

　俺はヴィントに甘い品種のニンジンを差し入れてから、いつもよりテーブルの数を増やしてセッティングし、みんなでテーブルを囲んだ。

「今日の昼食は、中華料理をメインにしてみました。炒飯、ワンタンスープ。塩昆布入り春雨サラダ、中華風キャベツの浅漬け。こちらの餃子、春巻き、焼売は、このたれをつけて食べてください」

　ちなみに、春巻きは中国の春節に食べる開運料理で、餃子は金運と子宝に恵まれる子孫繁栄の開運料理なんだよ。

「ここからは中華じゃないけど、チキンライス、鶏のから揚げ、ナポリタン、ポテトサラダ、たこ焼きです」

　縁起を担いだ運二倍の開運料理『多幸焼き《たこ》』は、一度に三十個焼けた。

　ご飯とおかずはすべて五人前。ナポリタンは二人前。

　それをちょっとずつ取り分けて、お代わりを大皿に乗せ、テーブルの中央に置いている。

「飲み物は、ジンジャーエールを用意しました」

「「「エールだって!?」」」

「危険区域を抜けたといっても、ここはまだ安全とは言えない場所だぞ」

　冒険者たちが驚きの声を上げ、オリバーに注意されたけど、それ誤解だってば！

「違います。これはお酒じゃなくて薬膳ソーダ。薬効のある成分を配合した、生姜《しょうが》味のドリンクです。依頼の最中に酒なんて出しませんよ」

「そうか。そうだよな」

冒険者たちが納得したところで、揃って食事を始めた。

「わうーん！　おっにくぅー！」

「にゃにゃっ！　これは……きのーシュープにはいってたチュルチュルにゃ？」

「ポテトサラダ、やわらかくて、とろとろで、おいしいねぇ♪」

「うっ！　ウマー!!　このタコヤキっていうの、ソースが濃厚でめっちゃ美味いよ！」

子供たちとジェイクは、まずサイドメニューの盛り合わせから食べている。

「ワンタンスープ、不思議な味だ……。潰した肉とネギとショウガを包んだ白い皮が、つるんとしてすごく美味い！」

「チャーハンとチキンライスも美味いぞ。コメは料理次第でいろんな味に変わるんだな。ときどきハルサメサラダやキャベツのアサヅケを食べると、さらに美味さが引き立つ」

「このギョーザっていうのも、外はパリパリ、中はジューシーで最高だよ！」

オリバー、ヒューゴ、ノアは、まずメインの料理を食べて絶賛した。

「あっ、春巻きと焼売は、醤油と辛子《からし》で食べても美味しいですよ」

「ありがとう、ニーノさん。たれも美味いが、俺はハルマキとシューマイは、ショーユとカラシのほうが好きだな」

オリバーは、やっぱり辛いのが好きなんだね。

「すでに配っているジンジャーエールは、甘口微炭酸ですが、大人向けの辛口や強炭酸もあるので、いろいろ試飲してみてください」

いろんな種類を飲んでくれたら、獲得経験値の倍率が上がるからぜひッ！

という下心の叫びを隠して、試飲用紙コップにあれこれ注いで渡した。

「あっ、オレ甘口強炭酸が好きかも！」

「俺は辛口強炭酸だな」

「俺は辛口微炭酸が好みだ」

「俺は、味は甘口微炭酸が好きだけど、辛口強炭酸、一口飲んだ瞬間から、めちゃめちゃ力が張ってきたよ！　魔力量も魔力の質もかなり上がってる！」

魔法使いのノアは、異世界料理の付与魔法に敏感だな。

「キャティも、オトナのジジャーエール、のんでみたいにゃ！」

「おれも、のんでみたい！」

「ぼ……ぼくも……」

言うと思った。

「子供にはまだ早いよ」

言い聞かせたくらいじゃ、気の強いキャティは引かないので、天然強炭酸の甘口ジンジャーエールをちょっとだけ飲ませてあげたら、カハッと噎せて涙目に――。

「ほら、飲めなかったでしょう。意地悪でダメって言ってるんじゃないんだよ」

しょぼーんと下を向いて耳を寝かせ、尻尾をだらーんと垂らした姿は、可哀想だけど可愛くもあり、なんとも微妙な顔になってしまう。

俺がキャテイを宥めている間に、お代わりの皿は、冒険者たちが食べ尽くしていた。

「じゃあ最後に、みんなでかき氷を食べようか」

デザート用に小さいカップで作ったかき氷は、五種類のシロップを全部がけしている。とてもカラフルだ。

「「「うわー、きれー!!」」」

子供たちが感嘆の声を上げ、冒険者たちも驚きに目を瞠る。

「ニーノさん！　なにこれ⁉」

ジェイクの問いに、俺は悪戯が成功した気分で答えた。

「氷を削って、色つきのシロップをかけた夏の風物詩です。今日は暑いから、ちょうどいいでしょう？　溶けないうちに食べてくださいね」

「ありがとう。氷を削ったお菓子なんて、初めて見たよ」

「雪に色をつけたみたいだな」

「ひゃあっ、冷たい！　でも甘くて美味しい！」

子供たちも冒険者たちも、気に入ってくれたようだ。

さっきベソをかいてたキャティもすっかり機嫌を直している。

食事を終えて後片付けしていると、左腕を負傷した冒険者がここまで走って逃げてきた。

「俺はDランクパーティー『自由の翼』のアランだ。ゴブリンの群れを狩っていたら、新手の群れが出てきた。数が多くて苦戦している。魔法を使うヤツもいるんだ。加勢してもらえないか？」

ここはDランク冒険者の狩場らしいから、Bランクパーティー『銀狼の牙』にとって、苦戦する相手ではないだろう。

「助けてあげてくれませんか？」

「断るわけにはいかねぇよ。ニーノさんには、いろいろご馳走になってるからな」

オリバーは俺にそう答え、ヒューゴとノアを連れて加勢に向かう。

俺は護衛に残ったジェイクに聞いてみた。

「戦況、どんな感じか判る？」

「あー、確かにゴブリンの数は多いけど、ノアが支援魔法をかけて、『自由の翼』も持ち直したみたいだ。魔力の高い個体が消えたから、すぐケリがつくんじゃないかな」

ジェイクの言葉通り、しばらくして、いつもの声が頭の中で響く。

『異世界料理を食べた冒険者が、Dランク冒険者パーティー『自由の翼』を支援。Dランクのゴブリンリーダー一体と、その群れを討伐をしました。獲得経験値倍加の重複付与により、冒険者が四十倍の経験値を獲得――』

凄い倍率になっているけど、今レベル46だから、Dランクの魔物相手ではレベルアップできないみたいだ。残念。

戻ってきたオリバーたちと一緒に、『自由の翼』の面々がお礼を言いに来た。

「護衛依頼遂行中のパーティーへの口添え、ありがとうございました！」

「「ありがとうございました！」」

うわ、なんか体育会系のノリ！

「困ったときはお互い様です。喉が渇いているでしょう。これ、どうぞ」

俺は全員に、作り置きのレモネードを紙コップに入れて渡した。

ぐびっと飲んだ瞬間、頭の中で聞こえた声に被さるように、『自由の翼』の面々が驚愕の声を上げる。

「うわっ、なにコレ。レモン風味で甘くて美味しい！」

「疲れが吹っ飛んだ！」

「ケガが治った！」

「忌々しい足の痒《かゆ》みが消えた！」

「「「もしかしてこれ、ポーションですか？」」」

俺はにっこり笑って、いつものセリフで誤魔化す。

「ポーションじゃなくて、俺が作った、回復効果のある薬膳ドリンクですよ」

「でも、中級以上の回復ポーション並みに効いたよな？」

「こんな貴重なもの、タダでもらうわけには……」

うーん。こんなに恐縮させるとは思わなかった。冒険者って意外と律儀だね。

「じゃあ、一杯小銀貨三枚で」

「「「「「ええええええーっ！」」」」」

なぜか『銀狼の牙』の面々まで一緒に叫び、オリバーが困惑顔で言う。

「ニーノさん。それは安すぎないか？」

えっ？　だって日本円で推定300円くらいだよ？　店売り価格だよ？

「俺が勝手に配ったのに、これ以上受け取ったら、押し売りじゃないですか。自家製ドリンクだから、小銀貨三枚で充分です」

俺は『自由の翼』の面々から小銀貨を受け取り、『銀狼の牙』の取り分となった魔物を回収して、再び馬車に乗り込んだ。

昨日までは五月上旬くらいの気温だったが、今日は午後から真夏日を超えた気がする。馬車の中はとても暑い。移動しているから風はあるけど、風も熱いし、空気が乾燥しているから、汗が出ないんだ。

この状態で、革の軽鎧《ライトアーマー》を着たままってのは、かなりつらい。

子供たちも、耳も尻尾もだらーんとさせて、怠《だる》そうにうとうとしている。

(まさか意識が朦朧としてるんじゃないよね?)

これはさすがに、何とかしないとマズイだろう。

「《ルームエアコン!》」

俺は四十倍になった魔力量に物を言わせて、ヴィントを含む馬車の周囲を魔力で囲み、風魔法で結界内の温度を下げた。

「ニーノさん、今何したの? 急に気温が下がって、楽になったんだけど」

魔法使いのノアには、俺の仕業だとバレてるよ。

「風魔法で周りの気温を下げたんです。子供たちがつらそうだったから」

子供たちは、今はすやすやと気持ちよさそうに寝息を立てている。

オリバーが感心した様子で笑いながら言う。

「ニーノさんは魔法も得意だから、冒険者になっても食べていけそうだな」

「いやいや、俺は非戦闘員の料理人ですからね」

「でもこの子らは、リファレス王国で冒険者ギルドに登録したほうがいいんじゃないか？冒険者ギルドカードがあれば、関税や通行税が免除されるし。冒険者見習いの子は、無料でいろんな武器や格闘術、魔法の講習を受けられるし。万が一ニーノさんとはぐれた場合、捜索や保護にギルドの支援があるとないとじゃ大違いだぞ」

確かに、オリバーの言う通りだけど。

「こんな小さな子供でも、ギルドに登録できるんですか？」

「ああ。商人ギルドや職人ギルドで見習い登録できるのは十歳からだが、冒険者ギルドには、遺児救済制度があるんだ。冒険者が子供を遺して死ぬことは珍しくない。だから冒険者ギルドが遺児を保護して寮に住まわせ、親に代わって自活できるよう教育し、身分証となるギルドカードと仕事を与えて支援したのが始まりだ。冒険者の子供なら、生まれたばかりの赤ん坊でも見習い候補として登録できるし。犯罪歴がないどころか、この子らは犯罪に巻き込まれた側だからな。もし帰る場所がなくなっていたら、見習い登録を受け付けてくれる可能性が高い」

「ニーノさんが冒険者登録してパーティーメンバーにすれば、冒険者の親族がいない孤児でも確実に見習い冒険者になれるし。ニーノさんもギルドカードを身分証代わりにできる上、スキルの性能が周知されても、国と対等に渡り合える国際組織に守ってもらえるよ。むしろ冒険者になるなら、大容量のアイテムボックスはアピールポイントだ。魔物や賊との戦闘が嫌なら、街中で荷物を運ぶだけの仕事や、薬草や食材採取の仕事もあるから、冒険者資格を維持する程度に働いて、料理人と兼業するっていう手もある」

なるほど。いいことを聞いた。

隣国に着いたら商業ギルドに登録して、屋台でも始めようかと思っていたけど。

まだ、この子たちの親が無事で、子供を探している可能性もゼロじゃないけど。

もし、親元に帰してあげられなかったら――この子たちは、俺が育てると決めたんだ。一緒に冒険者になって、のんびりレベル上げするのも悪くない。ずっと職業『洋食屋見習い』のままじゃ、さすがに恥ずかしいからね。

なんなら商業ギルドにも登録して、自分で狩った獲物の料理を屋台で売ってもいい。

あれこれ考えながら子供たちの寝顔を眺めていると、シヴァが目を覚ました。

シヴァは俺の顔を見てにっこり笑い、機嫌よさげに尻尾をユラユラさせている。

「おはよう、シヴァ」

声をかけると、揺れる尻尾に回転が加わり、起き上がって俺に抱き着いてきた。

「おにーちゃーん。おはよ！」

ブンブン揺れるふさふさの尻尾が、荷物に凭《もた》れて転寝《うたたね》していたラビに当たり、巻き添えでラビも目を覚ます。

「ぶぅっ！　いたいよ、シヴァ」

「あっ、ごめん！　いたいの、いたいの、なくなれ～！」

シヴァはラビの体を撫でながら、地球のおまじないと似たようなことを言う。

そして再び俺に向き直り、甘えた声で可愛くおねだりする。

「おにーちゃ～ん！　てあそびしよ～っ！」

「まだキャティが寝てるから、あとでね」

「え～っ！　じゃあ、キャティをおこそう！」

シヴァは「いいことを思いついた」と言わんばかりの笑顔で言うが。

「ダメだよ。シヴァだって、寝ているのを邪魔されたら嫌でしょう？」

「でもキャティ、『なかまはずれはイヤ』ってないてたよ」

「いやまあ確かにそうなんだけど。それとこれとは状況が違うっていうか……」

話し声に眠りを妨げられたのか、結局キャティも目を覚ました。

「おはよ、キャティ！　いっしょにてあそびしよ！　ラビも！」

シヴァは無邪気に二人を誘う。

ラビはおずおずとそれに応える。

キャティはぼんやり寝ぼけた目をして何やらむにゃむにゃ言っているが、シヴァが覚えたての手遊び歌を歌いながら元気に体を動かすと、つられてふにゃふにゃ動き出す。

そうして遊んでいるうちに、キャティもすっかり目が覚めたようだ。

しばらくして馬車が止まり、午後の休憩を取ることになった。

「この辺りは、地元の猟師や、低ランク冒険者の狩場だ。そこの大樹の陰で休憩しよう」

先に馬車を降りたジェイクが「ひゃっ！」と悲鳴を上げる。

「馬車を降りたら、熱気が凄いんだけど！」

「それ、ニーノさんの風魔法の範囲から外れたからだよ。凄いよね、ニーノさん。俺、攻撃魔法や支援魔法は結構使えるほうだけど、こんな魔法初めて知ったよ。快適に過ごすために魔力を消費するなんて、考えたこともなかったし……」

ノアの言葉に、俺は苦笑した。

（そういう魔法を考えちゃうのは、俺が地球から召喚されたからだろうな）

地球には、便利な機械がたくさんあった。家には水道もガスも電気も通ってて、面倒なことは機械が全部やってくれるし。室内はとても快適だ。

インターネットもテレビもスマホもあったから、一人でいても退屈しない。

たとえ外国にいても、その気になれば家族や友人と電話で話せたから、淋しいと思ったことはなかった。

今は元の世界とのつながりを断たれ、唯一、召喚される地球の食材を使って、慣れ親しんだ地球の料理を作れることだけが救いだ。

俺は木陰にもルームエアコンを展開し、テーブルを出して、おやつの準備をした。

「午後のおやつは、紅白大福餅です。大福餅は穢れを祓って福を呼び込む縁起菓子《ラッキースイーツ》で、紅と白を両方食べると、さらに運アップ率が倍加します。ぜひ両方食べて、運気を上げましょう！　飲み物は、冷たい水出し緑茶です」

緑茶にはカテキン・カフェインがたくさん含まれているけど、水出し緑茶にはほとんど抽出されない。その代わり、お湯出しでは抽出できない旨味成分や健康成分が抽出できるんだ。渋みをほとんど感じない、すっきりとした味わいで、幼児でも問題なく飲める。

「お餅は紙のカップごと持って食べてね。やわらかくてよく伸びるから、喉に詰まらせないよう、少しずつゆっくり食べるんだよ」

念のため注意すると、子供たちは「はーい！」とお返事して、にこにこしながら大福餅を食べ始めた。

「うわん！　おいし～い！　やわらか～い！」

「ふにゃんふにゃんで、むにゅんとのびて、おもしろおいしーにゃ！」

「やわらかくて、あまくて、うれしいね！」

「ここここ、こんな甘くて美味しい不思議な食べ物がこの世にあったとは！」

「何言ってんの、ノア。ニーノさんが出してくれる料理もお菓子も、見たことない美味しいものばっかりじゃん！」

「おっ、モチの中に、ボタモチの外側と同じのが入ってるぞ！」

「本当だ。そういえば、『ボタモチはモチゴメを使っている』と言っていたな」

ヒューゴ、よく覚えてたね。

「ええ。餅は炊いたもち米を搗《つ》いて完全に潰したもので、完全に潰した餅を餡子《あんこ》で包んだ『あんころ餅』というのもあるんです。地方によっては、それを『皆殺し』、牡丹餅を『半殺し』と呼ぶそうです」

「「……ぶ、物騒な菓子だな」」

オリバー、ヒューゴ、ノアは引いているが、ジェイクは面白がっている。

「オレ、『皆殺し』も食べてみたい！」

「おれもミナゴロシたべたい！」

「キャティもミナゴロシにゃー！」

「ぼくもミナゴロシ！」

（うわー、余計な知識を披露してしまったー!!）

ジェイクが『あんころ餅』って言ってくれたら、子供たちもそう言ったはず。

自分の責任でもあるから、俺は恨めしげにジェイクを睨むことしかできなかったが、代わりにオリバーが「ふざけるのもいい加減にしろ！」と叱ってくれた。

にぎやかなおやつタイムが終わり、俺たちはまた、馬車に乗ってリファレス王国の辺境の村を目指す。

人里に近くなるほど道が整備され、馬車の揺れも少なくなり、順調に進むことができた。

そうしてついに、目的地に到着したんだ。

5. 冒険者になりました！

午後五時を回った頃、関所で俺と子供たちの通行税を支払い、無事国境を越えた。

リファレス王国は、王都に冒険者ギルド総本部がある国だ。

この国の北東部——ランジェル辺境伯領東端にある、ルジェール村の冒険者ギルドは、カナーン村より大きな支部で、ここを拠点にしている冒険者は多いらしい。

今が冬なら、仕事を終えた冒険者たちが戻ってくる時間帯だが、夏場は日照時間が長く、日没は夜八時半頃。九時頃まで薄明が続くので、混雑するのはもっと遅い時間だろう。

「ニーノさん。依頼達成報告の前に買取窓口へ行くから、ついてきてくれ」

窓口では、待ち時間なしで受け付けてもらえた。

「解体済みの魔物素材を大量に売りたい。これがそのリストだ」

受付嬢に話しかけたのはオリバーだが、リストを作ったのは俺。

アイテムボックスに収納したものをチェックする際、まとめてスキルで魔物を解体し、廃棄部分は亜空間ゴミ箱に捨てている。

「こちらの素材はすべて買い取り可能です。量が多いので別室へご案内します」

案内された部屋で、受付嬢から買取専門スタッフに引き継がれた。

俺は指定された場所に、売却用の魔物素材を種類ごとに分類して取り出していく。

「これは……凄い大容量のアイテムボックスですね。この量ですと、手が空いているスタッフ総出で査定しても、結構お時間がかかりますよ」

「食肉以外は、明日までで構わん。こっちのリストに載っているのは、依頼人のニーノさんと合同で討伐した分だから、『銀狼の牙』が単独で討伐した分とは別に計算してくれ。

俺とニーノさんは、ほかの用事を済ませてからまた来る」

俺とオリバーは、子供たちを連れて冒険者用の受注窓口へ向かい、オリバーが代表して用件を告げる。

「Bランクパーティー『銀狼の牙』だ。護送依頼の達成報告とギルドマスターへの取次ぎ、依頼人のニーノさんの新規冒険者登録を頼みたい」

「承りました。新規登録希望の方は、隣の登録窓口で用紙に必要事項を記入してください。名前は略称・愛称・通称でも構いません。虚偽《きょぎ》の申告は違反行為に該当しますので、解らないところは空欄のままで結構です」

申込用紙に記入するのは、名前、年齢、種族、職業、戦闘スタイル、ギルド所属歴、犯罪歴の有無だ。

（職業は——まさか『料理人』と書くわけにはいかないから、『魔法師』にしよう。戦闘スタイルは、なんて書けばいいか判らないから空欄で。ギルド所属歴は、辻褄合わせが面倒だから、空欄にしておこう。犯罪歴は、もちろん『無』だ）

「記入されましたら、こちらの水晶玉に手を置いてください」

水晶占いに使うような水晶玉に手を置くと、白く光った。

「虚偽の申告はないですね。魔力を識別できましたので、ギルドカードを交付します。初めて登録される方は見習いからのスタートなので、Fランクのブルーカードです。仕事を始める前に、薬草採取の初心者講習を受けるよう義務付けられています。朝五時開始で、四時間から五時間くらいかかりますが、いつになさいますか？　明日から受付可能です」

「じゃあ、明日でお願いします」

「では明日の朝五時前に、総合受付窓口へお越しください」

手続きがすべて終わったところで、オリバーの隣に立っている、キャリアウーマンっぽい女性に声をかけられた。

「ギルドマスター秘書のソフィアです。ギルドマスターが子供たちの件でお話を伺いますので、ギルドマスター室までいらしてください」

秘書に案内された部屋で待っていたのは、五十路を過ぎた厳つい男性だ。

「ルジェール冒険者ギルド支部のギルドマスター、マクシムだ。奴隷商人に攫われた獣人族の子供というのは、その子たちか？」

　ギルドマスターの問いに、オリバーが答える。

「ああ。ゴブリンジェネラルの群れに襲われた荷馬車の救助に向かったところ、商人も護衛も全滅だったが、この子たちが拘束され、積み荷の中に隠すように箱詰めされていた。これが、奴隷商人が持っていたギルドカードだ。奴隷商一行の遺体と荷馬車も、後ろにいるニーノさんがアイテムボックスに入れて運んでくれた」

　紹介されたので、「先程こちらで冒険者登録したニーノです」と頭を下げておく。

「荷馬車を収納できるとは、かなり大きなアイテムボックス持ちだな。今後の活躍を期待している。獣人の子供の誘拐犯は賞金首だ。遺体と物証《ぶっしょう》が揃っているから賞金が出るぞ」

　そう言いながら、奴隷商人のギルドカード二枚を確認したギルドマスターは、難しい顔でため息をつく。

「……ヘルディア王国の奴隷商人が、イェステーリャ王国の貿易商を騙《かた》っていたのか。あるいは両者が共謀《きょうぼう》していたのか。調べてみんと解らんが、これは重要な手がかりだな」

「……あの、イェステーリャ王国って、どこにある国なんですか？」

　この場にいる大人の視線が俺に集まった。

「……まあ、登録したばかりの新人冒険者なら、地理に疎《うと》いのも無理ないか」

　ギルドマスターは、ルジェール冒険者支部が有するエポーレア大陸の地図を広げ、指で示しながら言う。

「ここがリファレス王国で、北東部から北に延びた半島はグレーシズ王国。東部の森を挟んでヘルディア王国。南東部には、大陸南部の半島――ロランツェ王国との国境を成す、エポーレア大陸最高峰の高山が連なる大山脈がある。そしてこの、南西部の山脈で隔《へだ》てられたデカい半島がイェステーリャ王国だ」

ちなみにリファレス王国南部と、西部から北部にかけては海に面している。

ギルドマスターがため息交じりに呟いた。

「獣人を攫って奴隷にしているヘルディア王国は、十年ほど前に東の隣国を征服して領土を広げたんだが――まるで天然の要塞みたいな国でなぁ。南の大山脈は、馬車越えが難しいほど急峻《きゅうしゅん》で魔物も多い上、唯一通行可能な峠道も標高が高く、初夏から秋口以外は積雪で通行止めになる。東はワイバーンの谷から流れる大河周辺に、ドラゴンが棲む洞窟や、ヒュドラが繁殖している大湿原があって、大陸東側との国交や交易は、北東部の港を通して行うしかない。北部は陸地と島に囲まれた内海《うちうみ》に面している。北西部の湾岸は広範囲の干潟になっていて、魚介類や両生類の魔物がうじゃうじゃいるから、それを狙って、シーサーペントや電気鰻の魔物《エレクティッククイール》も出没する。おまけに西側の大森林は、ほとんどが高ランク魔獣が棲む危険区域だ。陸路で馬車を使って積み荷を運べるのは、カナーン村とルジェール村を結ぶ交易ルートだけなんだよ」

あの王女、『悪しき異形の者どもが、我が国に攻め入ろうとしている』とかなんとか言ってたけど、どうやって攻め入るんだ⁉　目的が逆じゃないのか⁉

「獣人の子供の誘拐事件は、ここ数年頻発《ひんぱつ》している。先月からはリファレス王国各地で、獣人の村が立て続けに襲撃され、大規模な連続誘拐事件が起きた。この子たちも、襲撃されたどこかの村から攫われてきたんだろう」

そこで俺は、子供たちの名前と、攫われたときの状況や家族について報告した。

「残念だが、襲撃された獣人の村は、死者以外、行方不明で全滅している。新たな行方不明者の捜索願いは出ていない。むしろ、保護した子供の身内の行方を探さにゃならんくらいだ。ひとまずこの子らは、孤児院で預かってもらうしかないだろう」

やはりオリバーとノアの予想通りだ。

「親が見つからなかった場合、俺が後見人となって保護し、成人するまで養育したいと思っています。この子たちを冒険者見習いとして登録していただけませんか？」

俺の申し出に、ギルドマスターは渋い顔で苦言を呈する。

「……まあ……ギルド規定上、冒険者の後見人がいる孤児なら、十歳未満でも見習い登録は可能だが。子育ては、冒険者登録したばかりの若造に務まるほど楽じゃねぇぞ」

「俺は冒険者としては新米ですが、料理学校時代も含めると、十年以上料理人をしています。蓄《たくわ》えもありますし、金が必要なら、本業で稼ぐこともできます。子育ては、年の離れた弟妹の世話で慣れているので問題ありません」

俺とギルドマスターのやり取りを見て、不安になった子供たちが、泣きそうなくらい必死な顔で俺に縋りついてきた。

順番に頭を撫でて宥めていると、ギルドマスターが『やれやれ。しょうがないな』と言いたげな顔でため息をつく。

「そこまで言うなら、冒険者ギルドが支援するから、ちゃんと責任もって育てろよ。話は終わりだ。あとのことは頼むぞ、ソフィア」

俺たちはソフィアさんの案内で登録窓口へ向かい、子供たちの冒険者見習い登録とパーティー登録を済ませた。

パーティー名は『ニーノファミリー』。

なんかイタリアンマフィアっぽいけど、親代わりとして、この子たちを育てていくと決めたから。その思いを込めた名だ。

登録手続きをしている間に、ヘルディア王国金貨三十枚分をギルド口座に入金し、残りの硬貨を両替してもらった。

「あと、四人部屋がある宿を教えてください。子供連れだから、なるべく治安が良くて、素泊まりできる宿がいいです」

「でしたら、『猫の尻尾亭』がお勧めです。ギルド直営の宿より少し割高ですが、冒険者パーティー向けの大部屋がありますし。周囲に屋台が多いので、宿泊のみとなっています。宿の一階が酒場になっていないので、酔客《すいきゃく》に絡まれることはまずないでしょう」

ソフィアさんはほかにもいくつか候補を上げ、簡単な地図を描いたメモを渡してくれる。

情報収集している間に、子供たちのギルドカードができたようだ。

カードを受け取り、ギルドの中庭へ移動して、奴隷商人たちの遺体と荷馬車を引き渡す。

受け取った懸賞金は、金貨五十枚！　日本円で推定五百万円くらいだ。

ソフィアさんと別れて買取査定の個室へ戻ると、ジェイクが明るく声を掛けてきた。

「おかえり！　オーク肉の買取査定、終わったよ！」

ハイオークの群れは、討伐後すぐアイテムボックスに収納し、俺がスキルで解体している。そのせいか、驚くほど肉の状態がよく、最高ランクの評価がついたらしい。

「ハイオーク一体分、金貨五十枚。オーク十一体分、金貨百十枚。合計で金貨百六十枚だとぉ～!?」

俺がおおよその相場で買い取った、ワイルドボア肉が一頭あたり金貨三枚だったから、一体分のオーク肉に三倍以上の値が付いたのか。

巨体のハイオークは、目測で一キロ当たり、オークの倍くらいの価格だろう。

「肉の買取価格がここまで高額になったのは初めてだ。ニーノさんのお陰だな」

「肉だけでこんなに稼げるなら、思ってたよりいい装備に買い替えられるよ！」

「この肉、きっとすーっごく美味しいんだろうなぁ……」

「今夜食べる分だけ残して、肉を酒場に持ち込んで、パーッと宴会するか！」

「「賛成！」」

肉を売って懐が温かくなった『銀狼の牙』の面々は、仲間内で相談し、オリバーが代表して俺に言う。

「ニーノさんには、アイテムボックスでの運送と解体の謝礼金として、金貨十枚支払うことにした」

「じゃあ、それは懸賞金の分配で差し引きしましょう」

俺の言葉に、事情を知らないメンバーが首を傾げる。

「「懸賞金？」」

「獣人の村が全滅するほど大規模な連続誘拐事件が起きていて、誘拐犯には、金貨五十枚の懸賞金が掛けられていたんです。五人で分けたら、金貨十枚ずつですね」

そこでオリバーが、戸惑いながら口を挟む。

「いや、それはダメだ。ゴブリンジェネラルの群れの討伐に関しては、『魔物素材の売却金を人数割りで分配する』と決めていたが、懸賞金は、ニーノさんが賞金首を運んだから入る金だぞ。ニーノさんがすべて受け取るべきだ」

「いいえ。『銀狼の牙』の皆さんが、魔物の群れを討伐してくれなかったら、犯人の遺体を回収できませんでしたし。みんなで分ければいいかと――」

「じゃあ、被害者の子供たちも含めて、八人で分けたらいいんじゃないか？」

ヒューゴの提案に、ほかのメンバーも「「「意義なし！」」」と返す。

こうして、俺は金貨三十五枚の臨時収入を手に入れたんだ。

「皆さんには、本当に、いろいろお世話になりました。俺たちは素泊まりのみの宿に泊まる予定ですし、明日の朝五時から初心者講習なので、そろそろ失礼します」

「そうか。俺たちは今夜宴会だから、明日の昼すぎにギルドのロビーで待ち合わせして、残りの査定結果を聞きに行こう」

待ち合わせの約束をして解散し、俺は子供たちを連れて宿泊予定の宿へ向かった。


屋台広場の近くにある『猫の尻尾亭』は、猫のシルエットを象った看板が目印だ。

俺は受付カウンターにいた、人のよさそうなおじさんに尋ねた。

「四人で泊まれるパーティー用の大部屋、空いてますか？」

「ああ。ちょうど一室空いてるよ」

とりあえず一週間、連泊予定で前金を支払い、子供たちを連れて二階の客室へ移動する。

四人パーティー用の大部屋は、壁際にベッドが並び、通路を隔てた反対側に作り付けのクローゼットがある、寝に帰るためだけの客室だ。

ドアを閉めてから、俺は覚悟を決めて子供たちと向き合った。

「お腹空いたね。でも、食事の前に、みんなに話しておきたいことがあるんだ」

子供たちには、美味しいものをいっぱい食べさせてあげたいし。今後も一緒に暮らしていくなら、俺の秘密を隠し続けることはできない。

「……実は……俺も君たちと同じように、ヘルディア王国っていう国の偉い人たちに、家族と住んでいた遠いところから、無理やり連れてこられたんだよ」

子供たちは驚きと同情を隠せない様子だが、声を上げずに聞いている。

「俺は冒険者のお兄さんたちに守ってもらいながら、この国を目指して必死で逃げていた。その途中で君たちと出会ったんだ。だから、他人事とは思えなくてね。もう家族のところへ帰れないなら、みんなと家族になろうと思った」

家族になろう――その言葉を聞いた子供たちの表情が、安堵したように綻ぶ。

「みんなの家族が見つかって、帰る場所ができたとき。あるいはみんなが大人になって、大切な人と新しい家族になるまで――俺はずっと、みんなの親代わりとして、一緒に暮らしたいと思ってる。だけど、もし俺の秘密を誰かに知られて、ようやく逃げてきた場所へ連れ戻されたら、みんなと一緒に暮らせなくなってしまう」

子供たちの顔に、再び衝撃が走った。

「ヘルディア王国は、獣人をさらって奴隷にしている酷い国だ。獣人につらい仕事や死ぬほど危ない仕事をさせて、言うことを聞かなければ鞭で叩いたり、ご飯を抜いたり、殺したりするんだよ。俺が見つかって連れ戻されたら、みんなも捕まって、別々の場所で奴隷にされる。そうならないよう、俺は全力でみんなを逃がすけど……できればこのまま、みんなと一緒に暮らしたい。だから、これから見たり聞いたりすることは、絶対誰にも言っちゃいけないよ。約束できるね？」

念を押すと、子供たちが必死な顔で言う。

「できるにゃ！」

「ぜったいだれにもいわないよ！」

「ナイショのおやくそくなの！」

「じゃあ、俺の秘密基地へ、みんなを招待するよ。《亜空間厨房、オープン！》」

何もない空間に突然現れたドアが開き、子供たちは目と口を全開にして驚いている。

「さあ、中へ入って。まずハンドソープで手を洗うよ。歳の順に、シヴァからおいで」

魔道流し台は子供たちには高すぎるので、俺は二層シンクの片方に二段踏み台を設置し、それに乗ったシヴァの手を取り蛇口へ誘導した。

「こうして水で手を濡らして――」

「うわんっ！　なにもしてないのに、みずがでた！」

「しゅごいにゃ！」

「どうして？」

子供たちは初めて見るセンサー水栓に目を丸くしている。

「センサーに手を近づけると水が出るんだ。もう一度手を近づけると止まるよ。水が冷たいなーと思ったら、▲《この》スイッチを押せば、ちょっとだけあったかくなる。冷たくしたいときは▼《この》スイッチを押してね」

「「「はーい！」」」

続いて、俺はソープディスペンサーのノズルの下に手を伸ばして見せた。

「こうして手を近づけると泡が出るから、これを手全体につけて、よくゴシゴシしてから、泡を水で洗い流すんだ。濡れた手は、この魔道タオルに手を近づけると乾くよ」

俺とシヴァ、ラビ、キャティの順に手を洗い終わった。

「じゃあ、すぐに食事の支度をするから、椅子に座って待ってて」

四人掛けのダイニングチェアは、事前に大人用一脚を残して、未使用のキッズチェア三脚と交換している。

「キャティ、おにーちゃんのとなりにゃっ！」

「わん！　ずるーい！　じゃあおれはおにいちゃんのまえ！」

自己主張の強い順番に自分の席を決め、気が弱いラビは、残っているキャティの正面の席に座った。

俺はアイテムボックスから料理を出して並べていく。

「今日の夕飯は、ポトフ、サーモンのバターソテー、ワイルドボアのサイコロステーキ、バゲットのピザトーストだよ」

ポトフは大きな塊の肉と野菜をじっくり煮込んだ、フランスの家庭料理だ。

牛肉ブロック、豚肉ブロック、手羽先や骨付きの鶏もも肉。どれを使っても美味しいけど、今回使ったのは、ウインナーソーセージと厚切りベーコン。

それを本場フランス流に、食べやすい大きさに具材をカットし、スープと別々に盛り付けた。

サーモンは刺身用をフライパンで軽く焼いている。

「まず、無事リファレス王国に着いたお祝いに乾杯しよう」

俺はシャンパン。子供たちには軽くて丈夫なトライタン製ワイングラスに、かき氷シロップみぞれ味のソーダを注いだ。

「これからこの国で、冒険者として頑張ろうね！　乾杯！」

グラスを掲げてそう言うと、子供たちも真似をした。

「がんばろー！」

「がんばるにゃ～！」

「ぼくもがんばる！」

まだ『乾杯』の意味が解ってないようで、掛け声はちょっと違うけど。

それを微笑ましく思いながら、俺は久しぶりのシャンパンを味わい、食事を始めた。

お腹を空かせた子供たちも、夢中で食べている。

「にゃにゃにゃっ！　ピンクのおしゃかにゃ、おいしーにゃ〜！」

「わぅ〜ん！　パンにとろっとしたチーズがのってる！　おれ、チーズだいすき！　ワイルドボアもおいしーよ！」

「あさのウインナーもおいしかったけど、ポトフのウインナーもおいしい……。やさいもおにくのあじがする……」

笑顔で耳をピコピコ動かしたり、尻尾を立てたり振ったりして、大喜びする子供たち。

ほんっと、可愛い過ぎてもらい笑いが止まらない！

「食後のデザートは、マンゴーヨーグルトだよ」

「わぅ！　これもあまくていいにおいがする！」

「にゃっ！　にゃにこれ！　しゅごいおいしーにゃっ！」

「わぉ〜ん！　ほんとだ。おいしい！　おれ、バナナもすきだけど、マンゴーもすき！」

「プゥッ！　とろけるぅ……」

キャティとシヴァは大興奮。ラビはうっとり甘味の余韻に浸っている。

（好き嫌いせずに何でも食べてくれるけど、やっぱ、甘いものが一番好きみたいだな）

食後の後片付けは、魔道食洗器にまるっとお任せだ。

「腹が膨れて満足したし。あとは風呂に入れれば最高なんだが……バスタブがないから、体を拭くだけで我慢するしかないな。ついでに、流し台で髪だけでも洗うか」

さすがにシャンプーやリンスは召喚されないけど、食材で代わりになるものを作ることはできると、俺の食材鑑定が告げている。

保湿効果や皮膚を保護する効果があり、美容成分がたくさん含まれている米ぬか。

除菌消臭にも、皮脂汚れを落とすにも抜群の効果がある、アルカリ性の重曹。

これらを水で煮溶かして、冷まして固めると、ペースト状のシャンプーが作れるんだ。

泡立たないのは残念だけど、体も洗えて、歯も磨けるみたいだよ。

ちょっと米ぬか臭いから、製菓用オイルで香りづけしてみた。

キャティは女の子だから、甘いバニラの香り。

俺と男の子用はミントの香り。

水はお清め効果のある『天の真名井の御霊水』を使うことにした。

そしてリンスは、若返り効果のある『弁天池の延命水』を使ったローズヒップティーに、食品添加物のクエン酸とトレハロースを入れれば出来上がり。

クエン酸は酸味をつける添加物で、水垢落としやヤニ落とし、除菌消臭に使えるし。

トレハロースは、蛋白質や脂質の品質保持効果、保湿効果、消臭効果のある甘味料だ。

「年長の子から順番に髪を洗うよ。おいで、シヴァ」

シヴァは嫌がることなく、むしろ嬉しそうに近づいてきた。

踏み台の上に立たせ、落ちないようにしっかりと体を支えて、声をかける。

「まず髪を濡らすから、しっかり目を瞑っててね」

「うん」

水温とシャワーの水量に気をつけながら、鼻や耳に水が入らないように手でガードして髪を濡らす。

耳の位置が違うからちょっと勝手が違うけど、俺は弟妹が小さい頃、忙しい両親に代わって風呂の世話もしていたから、子供の髪を洗うのは慣れている。

どうやらシヴァも洗ってもらい慣れているようで、嫌がる様子はない。

米ぬか重曹シャンプーで頭皮をマッサージしながら優しく洗い、きれいに洗い流してから、リンスして、再び洗い流す。

タオルドライして、乾いたタオルで髪を包んだら、ラビと交代だ。

ラビは髪を濡らすのが怖いのか、明らかに及び腰で緊張していた。

「次はキャティだよ。おいで」

「はいにゃ！」

猫は濡れるのを嫌がる子が多いと聞いたことがあるけど、キャティは世話を焼かれるのが嬉しいようで、待っていましたと言わんばかりに笑顔で寄ってくる。

お湯をかけた時はさすがにビクッとしたから、シヴァみたいに洗われ慣れてるわけではなさそうだけど。やっぱり女の子だから、きれいにしたいのかな？

全員の髪を洗い終わってから、温かい重曹水に浸したタオルで順番に体を拭いてあげた。

「着替えがないから、今日はさっきと同じ服で我慢してね」

明日は子供たちの服を買いに行かなきゃ。

全員の服を着せて、頭を包んだタオルを取ったら、最後の仕上げだ。

「今度は温かい風で髪を乾かすからね。《ドライヤー》」

手櫛でスタイリングしながら、一人ずつ丁寧に温風魔法で乾かしていく。

召喚食材を使ったせいか、シャンプーにもリンスにも魔法が付与され、みんなやけに綺麗な髪に仕上がった。可愛さ二倍って感じだよ。

最後に俺も頭を洗って、重曹水に浸したタオルで体を拭いて、新しい服に着替えた。

「はぁー。久しぶりに、ちょっとさっぱりしたー。でも、ずっと風呂なし生活が続くなんて耐えられないよ。映画や海外ドラマに出てくる猫足バスタブみたいな、置き型バスタブ売ってないかな？　ダメなら大きな樽でもいいんだけど。明日初心者講習を受け終わったら、探しに行ってみるか」

◇
◆
◇

三日ぶりに宿のベッドで眠ったせいか、とてもすっきりした気分で目覚めた。

子供たちを起こさないよう、静かに俺だけ亜空間厨房へ移動し、いつでも子供たちが入れるようにドアを開けておく。

「まずは顔を洗って、朝食の準備だな」

おやつや弁当を作るついでに、朝食も昨夜のうちに作っているから、取り分けて並べるだけだ。

物音で目が覚めたのか、亜空間厨房の入り口から、シヴァとラビが顔を覗かせて言う。

「おにいちゃん、おはよ！」

「おはよう、シヴァ、ラビ。キャティはまだ寝てるの？」

「うん」

「おこす？」

「そうだね。そろそろ朝ご飯にするから、起こしてきてくれる？」

シヴァとラビが元気に「はーい！」とお返事して、キャティを起こして連れてきた。

「みんな、食事の前に顔を洗ってね。タオルはこの籠に入ってるから。あ、ハンドソープで顔を洗っちゃダメだよ」

寝ぼけ眼でぼんやりしていたキャティも、水で顔を洗ったら目が覚めたようだ。

「今日の朝食は、ミネストローネとホットサンドだよ」

ミネストローネは鰹と昆布で出汁を取っている。

ホットサンドは三角プレートを使って、パンを折り畳んでプレスし、それを半分にカットして盛りつけた。

「ホットサンドは、これが玉子フィリング。これはとろけるチーズとハム。こっちはコーンツナマヨ。ツナはキャティの好きなお魚だよ」

「にゃっ！　コーンツナマヨおいしーにゃっ！」

「わぅ～んっ！　チーズとハムもすっごくおいしーよ！」

「たまご、とろとろ……♪」

玉子もチーズもツナマヨもトロトロだよ。ラビはとろっとした食べ物が好きだよね。

「デザートは桃ゼリー」

普通に桃だけ出したんじゃ異世界料理にカウントされないし。冷やす時間は魔道冷蔵庫で一瞬だから、桃のコンポートの煮汁でゼリーを作って、中にカットした果肉を入れた。

「にゃっ……にゃんだか、これ……シュライムみたいにゃ」

「……うん……」

「くんくん。でも、あまくてうれしいにおいがするよ」

キャティとラビは初めて見るゼリーに戸惑ってるけど、鼻が利くシヴァは、『美味しいものだ』と気づいて尻尾を振っている。

「これはゼリーっていう、甘くて冷たいお菓子だよ。スライムじゃないから、安心して食べて」

俺が苦笑しながら促すと、早速シヴァがゼリーを口にした。

「くぅ～ん！　あまくておいしーい！」

それを聞いて、キャティとラビも恐る恐るゼリーを口に含む。

「にゃにゃっ！　ほんとにおいしーにゃっ！」

「つるんつるん……♪」

美味しいものだと解ってからは、キャティもラビもご機嫌で完食した。

もちろん俺も、ゼリーの味にも、子供たちの反応にも、大満足してご機嫌だ。

俺たちは遅刻しないよう早めに宿を出て、冒険者ギルドへ向かった。

割りのいい仕事は早い者勝ちだから、冒険者は夜明け前からギルドへ来て、掲示板をチェックするらしい。

冒険者用の受注窓口は今も混雑しているが、総合受付窓口は空いている。

「すみません。初心者講習を予約している『ニーノファミリー』ですが」

窓口でそう告げると、受付嬢が講師を呼びに行った。

受付カウンターの奥のドアから出てきた、逞しい中年男性が豪快な声で挨拶する。

「おはよう、諸君！　初心者講習を担当するアルマンだ」

「おはようございます。『ニーノファミリー』のリーダー、ニーノです。よろしくお願いします」

「おはよー！　おれシヴァ！」

「おはようにゃん！　キャティはキャティにゃ！」

「ぼく、ラビです。おはよーございます」

「ちびっ子たちは元気だな。今日はこれから森へ向かう。馬車酔いする者はいるか？」

「酔い止めのお茶を持っているので、大丈夫です」

「そうか。じゃあ馬車で行こう。こっちだ」

アルマン先生に馬車乗り場まで案内され、俺たちは冒険者ギルドが所有する六人乗りの箱馬車に乗り込んだ。

大人が早歩きする程度の速さで走り出した馬車の中で、俺は『霊峰富士の女神水』で抽出した水出し緑茶ソーダを取り出して配った。

「アルマン先生もどうぞ」

俺とアルマン先生の分は強炭酸水で、子供たちの分は微炭酸水で割ったものだ。

「おおっ！　色はクソまっずい回復ポーションみたいだが、しゅわっとして美味いな」

飲み終わったところで、アルマン先生が俺たちに言う。

「さて。移動時間がもったいないから、初心者講習を始めるぞ。ちびっ子たちにはまだ難しいかもしれんが、騒がず静かに聞いてくれ。お前たちにとって大切なことは、リーダーの言いつけを守って、いつもいい子にしていることだ。解ったか？」

「「「はーい！」」」

「よし。いい返事だ。難しい話は、あとでリーダーが必要に応じて、噛み砕いて教えてやってくれ」

幼児の見習い冒険者は、こうして親か、親代わりの冒険者やギルド職員が、時間をかけていろいろ教えているのだろう。

俺が返事をすると、アルマン先生は大人向けの言葉で、ギルドの成り立ちから語りだす。

「冒険者ギルドは、かつてこの大陸を魔物のスタンピードから救った英雄レイジー・カシーマと、大賢者トーマ・アリスガーが設立した国際組織だ」

ちょっと待って！　それ、『カシーマ』と『アリスガー』じゃなくて、『鹿島』と『有栖川』で、俺より前に勇者召喚された日本人じゃないの!?

いつの時代の人か知らんけど、俺TUEEE《ツエー》した日本人がはっちゃけて、異世界ライトノベルの冒険者ギルドを再現したわけだ。

「トーマ・アリスガーは、この世界にたくさんの魔道具を残した。その一つが冒険者ギルドカードだ。これがあれば、他国の冒険者ギルドと情報を共有して、同じランクで活動できるし。どこの国の冒険者ギルドでも、自分のギルド口座から預金を引き出せる。大量のコインを持って移動しなくて済むから便利だぞ。ギルドを通せばカード決済も可能だ。勇者と大賢者の友人が作った、商人ギルドと職人ギルドにも、同様のギルドカードがある」

間違いなく、商人ギルドと職人ギルドの創設者も、異世界召喚された日本人だわ。

「次に、ランク分けについて説明しよう」

ランクの詳細を要約すると、冒険者ランクは、GからSまで八段階ある。

Gランクは十歳未満の見習い冒険者。ギルドカードはグリーン。

Fランクは十歳以上の見習い冒険者。ギルドカードはブルー。

Eランクは十二歳以上の駆け出し冒険者で、規定数の討伐依頼をこなすか、パーティーを組んで小型魔獣討伐試験に合格すると昇格できる。ギルドカードはパープル。

Dランクは、昇格試験に合格した十五歳以上《せいじんしている》の冒険者。ギルドカードはクリムゾン。

Cランクは、上位試験に合格した冒険者。ギルドカードはブロンズ。

Bランクは、危険な魔物を討伐できる一流の冒険者。ギルドカードはシルバー。

Aランクは、超一流の冒険者。ギルドカードはゴールド。

Sランクは、滅多に出ない英雄クラスで、ギルドカードはブラックに銀文字。

ちなみに冒険者ギルドの創設者二人は、ブラックに金文字のSSランクだったらしい。

冒険者が受注できる依頼は、自分のランクの一つ上か一つ下まで。

Gランク冒険者は、ルジェール村か、近隣の村や町での雑用のみ。

ただし保護者が引率する場合は、森の浅部で行う薬草採取などの依頼も受けられる。

Fランク冒険者は、大人向けの雑用と、森の浅部での薬草採取や食材採取。

Eランク冒険者は、危険区域での薬草採取。畑を荒らす害獣や小型魔獣の討伐、及びスライムや小型魔獣の魔石や素材の採取。

「該当しないランクの素材も買取しているが、昇格するためにも、冒険者資格やランクを維持するためにも、毎月決められた数の該当依頼を達成して、ギルド貢献ポイントを貯めなければならない。引き受けた依頼を失敗すると、罰金・降格・除名といったペナルティーがある。無理な依頼を引き受けると、下手すりゃ借金奴隷になるから気をつけろよ」

(俺は『食材鑑定』スキルと、いつの間にか増えていた『食材探索』スキルがあるから、失敗しないので)

なーんて内心ドヤっていたら、とんでもない話を聞かされた。

「自分のステータスを確認したいときは、《ステータス》と強く念じるか、声に魔力を載せて呟いてみろ。それで確認できない場合、ギルドカードを裏にして持ち、《ステータス》と呟けば、自分にしか見えない文字で表示される。間違っても人前で《ステータスオープン》とか言うんじゃないぞ。オープンしたら誰でも閲覧可能になって、個人情報が駄々洩《だだも》れになる。冒険者稼業は命懸けだから、いざというときの一手を隠しておくべきだ」

俺、ヘルディア王国の城でステータスオープンさせられたよ！

そして思いっきり偏見《へんけん》まみれで嘲笑《あざわら》われたよ！

まあ、オープンしたからディスプレイに触れて、自分の召喚チート能力に気づいたとも言えるけど。秘密にしたいことがたくさんあるから、ステータスの件、教えてもらえて助かった。

アルマン先生は引き続き、Gランクの仕事内容や、依頼を受注した際、『指定された時間を守る』、『わからないことは確認する』、『業務上の秘密を洩らさない』、『暴力沙汰《ざた》を起こさない』『問題が起きたときは、速やかにギルドに報告する』といった、当たり前のことを注意する。

ちょうど話に区切りがついたところで、馬車が止まった。

「着いたぞ。ここは冒険者ギルドが、新人教育と、危急の際に備えて管理している薬草園だ。ギルドの許可なく立ち入ることはできない」

広大な森の中にある薬草園は、高い塀に囲まれ、入り口を門番が守っている。

馬車はギルドの許可証を提示して、薬草園の中へ入っていく。

「まあ薬草園といっても、ぶっちゃけ採り過ぎによる絶滅を防ぐために、森の一部を立ち入り禁止にしているだけだ。この辺りの森で採れる薬草類は、雑草のように湿《いちじる》しく繁殖するが——土ごと森の外へ移植しても、まともに育たないか、育ったとしても著しく薬効が低くなる。人里での栽培はまず無理だから、低ランク冒険者向けに常時依頼を出して、野生薬草を採取しているんだ。常時依頼は失敗のリスクがないし、森へ行ったついでの副業にもなるからな」

俺たちは馬車を降り、背負籠《しょいかご》を背負ったアルマン先生に連れられて、薬草園の奥へ向かう。

「さて。ニーノ。初心者講習が朝五時からしかないのは、なぜだか解るか？」

「……薬草園で、薬草を採取するからですか？」

「正解！　時間指定があるもの以外、薬草採取に最も適した時間は、日の出前の早朝だ。朝摘みのほうが高品質のポーションが作れるから、採取はなるべく午前中にしてほしい。季節によって、同じ薬草でも採取部位が変わるから、こまめに掲示板をチェックするように。今出ている常時採取依頼は六種類。イノリン草。ストルク草。アルトロ草。テミスの葉。マムアの花。ルジェルベリーの実だ」

　アルマン先生は、薬草園の入り口付近にある二つの薬草を指し示して言う。

「これはイノリン草。こっちはストルク草。どちらも疲労回復ポーションの材料だ。森のあちこちで群生している宿根草で、『花咲く月《フロレアール》』から秋分まで、五カ月くらい収穫できる。根が残っていればまた生えてくるが、種で繁殖するから、いくらか残しておくように」

　そう言って作業用手袋をはめた先生が、その場にしゃがみ込み、解説しながら採取のお手本を見せてくれる。

「イノリン草の買取は、五本で銅貨一枚くらいだ。草丈十五センチくらいに育ったものを、こうして捻るように根元から摘み取ればいい。やってみろ」

　人数分の作業用手袋を渡されたので、まず子供たちに小さい手袋をはめていく。なんの素材か判らないが、薄くてつるっとした、伸縮性が高い生地だ。

　自分も手袋をはめ、イノリン草を一本摘んでみると、抵抗なく簡単に採れた。

　俺に続いて、子供たちも嬉しそうにイノリン草を摘む。

　シヴァは摘み取ったイノリン草を顔に近づけ、クンクン匂いを嗅いだ。

「うわん！　くっさっ！　おれ、このにおい、おぼえたよ！」

「にゃ～っ！　ホントにゃ。これ、ヘンなにおいしゅるにゃ～」

「ぶぅっ！　おいしくないにおい……」

嫌そうな顔が可愛くて、なんとも微笑ましい。

先生も苦笑しながら解説を続ける。

「こっちのストルク草の買取は、株の大きさにもよるが、二株で銅貨一枚くらいだ。草丈三十センチくらいに育った株の、根元から二センチくらい上を刃物で刈り取る」

そこで背負籠から、採取ナイフ、鎌、剪定鋏を取り出して、道具を使う採取のお手本を見せてくれた。

「採取道具を買う前に、自分は何を使うと採取しやすいか試してみろ」

三種類すべて試してみたけど、俺は包丁や調理用ナイフを使い慣れているから、やはりナイフが使いやすい。

子供たちに刃物を持たせるのは心配だけど、確か俺も弟妹も、二歳か三歳くらいから子供用のハサミを使い始めたはず。この機会に練習させてみるか。

「ハサミは使い方を間違えるとケガするから、気をつけてね。絶対に、尖った刃を人に向けたり、振り回したりしちゃいけないよ。誰かにハサミを渡すときは、こうやって、握るほうを相手に向けて、怪我しないように留め具の辺りを持って渡すんだ」

真剣な顔で注意すると、子供たちは緊張した面持ちで静かに聞いている。

まずシヴァにハサミを渡すと、シヴァは硬い表情でそれを受け取り、ハサミを使った採取に挑んだ。

「うわん！　きれた！　ちゃんとできたよ！」

シヴァはドヤ顔で採取した薬草を掲げ、嬉しそうに尻尾を振っている。

「上手にできたね」

褒めてあげると、ますます尻尾が大きく揺れて、ブルンブルン回転し始めた。

「じゃあ、次はラビにハサミを渡してあげて」

シヴァは教えた通りにハサミを渡し、恐る恐る受け取ったラビも、ハサミでストルク草を採取した。

「これでいい？」

気の弱いラビは、そう言って不安そうにこちらを振り返る。

「うん。ラビも上手にできてるよ」

「ああ。二人とも合格だ」

俺とアルマン先生が褒めると、ラビはほっぺをほんのり赤くして、嬉しそうに微笑む。

シヴァも「ごうかく〜！」と言いながら小躍りしている。

「次はキャティだよ」

ラビからハサミを受け取ったキャティは、小さな手でハサミを握って薬草を切る――つもりだったが、開閉の動作がうまくいかなかった。

「にゃっ！　できにゃいにゃっ！　でも、がんばるにゃんよー！」

負けず嫌いのキャティは、自分だけできなくて口惜しそうだけど、まだ三歳の幼児が上手くできないのは当たり前。

見かねて俺が手を添え、開く時だけ補助してあげると、どうにかチョキンと切ることができた。

「やったにゃ！　きれたにゃ～ん！」

きっとキャティも、すぐに一人でハサミを使えるようになるだろう。

「じゃあ、次はアルトロ草の採取に行くぞ」

アルマン先生は俺たちを促し、膨らんだ葉を持つ謎植物群の前に連れていく。

「アルトロ草は治癒ポーションの材料で、古くから火傷や切り傷などの外傷治療や、胃炎の治療に使われていた薬草だ。春分頃から秋分頃まで、親株の周りに次々と子株が増えていくから、ナイフやハサミで、十センチ以上に育った子株か、子株を残して親株のほうを採取する。買取価格は、十センチの子株で銅貨三枚くらい。大きい株ほど単価が高い」

ちなみに薬草園に生えているアルトロ草の親株は、どれも高さ一メートルくらいだ。

全員が子株の採取に挑戦したが、子株は茎がやわらかいから、簡単に切り取れた。

急場しのぎに薬草のまま使う方法も習ってから、次の場所へ移動する。

「テミスの葉も治癒ポーションの材料で、止血・消毒効果がある。採取時期は春分から今月末頃まで。買取価格は五枚で銅貨三枚くらい。これも薬草のままでも使えるぞ」

アルマン先生は、再び摘み取った葉を使って、薬草の使い方を教えてくれた。

「こっちは解熱・消炎鎮痛・鎮静効果、抗炎症作用のあるマムアの花。開花期は初夏から秋口。採取するのは花だけで、買取価格は、三輪で銅貨二枚くらいだ」

マムアは白い花をたくさんつけた小菊みたいな植物で、こちらも治癒ポーションの材料だが、庶民は乾燥させた安価な生薬を煎じて飲むらしい。魔力を使って濃縮・精製したポーションのほうがよく効くけど、その分値段が高いからね。

そして次に案内された場所には、赤い実が鈴なりに生っている低木があった。

「これはマナベリー。魔力回復効果が高い木苺で、そのまま食べても、一粒でかなり魔力が回復する。収穫できるのは夏の間だけだから、魔力回復ポーションに加工して保存するため、絶賛買取中だ。買取価格は十グラム銀貨二枚。一粒が半銀貨一枚前後だな」

買取単価が高い上に採取方法も簡単で、枝と実を繋ぐ緑色の花柄《かへい》が赤っぽく変色したら、手で簡単に摘み取れるらしい。

しかも食材鑑定したところ、普通の木苺より栄養豊富で、すごく美味しいんだって！

俺も食材として手に入れたいな。明日から森でたくさん採取しよう！

頭の中で皮算用していると、先生が俺に言う。

「夏の常時依頼は簡単なものが多いが、秋には解毒ポーションの材料である『リコル草の根』の採取依頼が出てくる。スコップで根を掘り出し、鉈で適当な大きさに切って採取するんだ。今は採取時期じゃないから、サルスという根菜を使って手本を見せよう」

サルスは地球で言うとサルシフィー――西洋ごぼうだ。

肉体派のアルマン先生は、つかめる程度に茎を残して西洋ごぼうの葉を刈り取り、スコップで周りの土を取り除くように、手際よく穴を掘っていく。

日本のごぼうは、長さ三十センチくらいから、一メートルくらいの大物もある。でも西洋ごぼうは、長さ二十センチから三十センチくらいだから、日本のごぼうほど深い穴を掘る必要はない。

アルマン先生は掘り起こした西洋ごぼうを引き抜いて言う。

「こんな感じだ。リコル草の根は長いから、鉈でこれくらいの大きさに切るんだが、サルスは切る必要はない。ほら、ニーノもやってみろ」

「土魔法で掘ってもいいですか？」

「おう。魔法で掘れるなら掘ってみろ」

アルマン先生は、『失敗も勉強だ』と、昔の偉い人の格言みたいなことを考えているような口ぶりだった。

葉を目印にすれば、どこに西洋ごぼうが生えているのか一目でわかるけど、普通は土中の様子なんて判らないから、傷つけないよう慎重に掘り起こさないといけない。

でも俺は、『食材探索』スキルで、どれくらいの大きさの西洋ごぼうが、どんなふうに埋まっているか判るんだ。

「《収穫《ハーヴェスト》！》」

魔法一発で西洋ごぼうの周囲を深く掘り起こし、引き抜く必要もなく採取できた。

「おおっ、やるな！　ニーノは採取専門の冒険者でもやっていけるぞ！」

もちろんそのつもりだ。

「キャティもほるにゃ！」

「ぅわん！　おれもほる！　ラビもやろー！」

「う……うん」

「ちびっ子たちは、ムリしなくていいぞ」

アルマン先生が苦笑しながらそう言ったけど。

「ムリじゃないにゃん！　がんばるにゃん！」

「わおーんっ！　おれもがんばるぞ！」

「が……がんばる……」

やる気に満ちた三歳児につられて、五歳児たちもすっかりその気になっている。

「そうか。じゃあ、先生が葉を刈ってやるから、ちょっと待て」

準備が整うと、子供たちは土遊び感覚で、楽しそうに穴を掘り始めた。

「ぅわん！　やった！　ほれたよ！」

最初に西洋ごぼうを掘り出したのは、一番体が大きくてパワーがあるシヴァだ。

「ぼくも、ほれたよ」

二番目はラビか。

キャティは二人より幼いから、ビリでもしょうがないよね。負けず嫌いで根性があるキャティは、それでも最後まで諦めずに掘り出した。

「キャティもほれたにゃん！　ラビのよりおおきいにゃん！　シヴァがいちばんで、キャティがにばんにゃん！」

そうきたか。

俺は順位には触れずに子供たちを労う。

「みんな、よく頑張ったね。本番の採取も頑張ろう」

「「「おーっ！」」」

「ちびっ子たちは元気だな。次行くぞ」

今度は山葡萄《やまぶどう》みたいな、蔓性落葉低木のところへ移動した。

「常時依頼が出たことはないが、たまに薬木の採取依頼や、籠編みに使う蔓《つる》や樹皮の採取依頼が出ることもある。必要な道具は、ノコギリや刈り込み鋏、採取用ナイフだ。樹皮が必要な場合は、ナイフで切り込みを入れて剥がす。時間が経つと剥きにくくなるから、その場で皮を剥ぐほうがいい。コツがいるし、ちびっ子連れでやるのは難しいだろうから、やり方だけ見せておく」

アルマン先生は、ノコギリで切った枝の樹皮を、器用に剥いて見せてくれた。

子供たちは皮剥ぎショーに歓声を上げ、目が釘付けになっているけど——。

(俺、たぶんフードプロセッサーの解体スキルで、一瞬できれいに剥けると思う)

名前はフードプロセッサーだけど、アイテムボックスに入れたものなら、魔石しか取れない魔物も解体できるし。木や蔓の解体だってもちろんできる。

『食用不可です。亜空間ゴミ箱に捨てますか？　アイテムボックスに戻しますか？』

なんて声が聞こえてくるから、不要なところを捨てて、必要なところをアイテムボックスに戻すだけ。便利だよねぇ。

使った道具と採取した蔓や樹皮を仕舞って、今度は桃がなっている樹の前へ移動した。

「夏至前後から『葡萄月《ヴァンデミエール》』までは、果実の採取依頼が出ることが多い。モモ・ナシ・リンゴ、マルメロ、ブドウなどは、収穫鋏を使って採取する。高木になる果実を採取する場合は、大賢者アリスガーが考案した高枝切鋏《きりばさみ》があると便利だ」

いやそれ、地球の便利道具丸パクリだよね⁉

「高枝切鋏は凄いぞ！　切った枝をそのままつかんで引き寄せられるから、木に登ったり、踏み台を使ったりする必要はないし。崖っぷちに生えた木の実でも採取できる」

アルマン先生がいい笑顔で伸縮式の柄を伸ばし、すでに収穫期に入っている桃の果実を、高枝切鋏で採って見せてくれた。

「ニーノもやってみろ」

柄が長い高枝切鋏は重量があり、ちょっとコツがいるけど、俺でもなんとか操作できる。

「ぅわんっ！　つぎ、おれ！　おれがやる！」

「キャティがしゃきにゃ！」

「いや、君たち、これ重いから持てないよ！　危ないからやめてぇ～！」

思わず悲鳴を上げてしまった。

引っ込み思案で大人しいラビはオロオロしながら見てたけど、シヴァとキャティはやる気満々だったから、必死で止めたよ。

「ニーノの言う通りだぞ。ちびっ子たちには十年早い」

アルマン先生は苦笑しながらそう言って、高枝切鋏を縮めて片付けた。

「さて。実地研修はこれで終わりだ。解らないことがあれば、ギルドの相談窓口で聞いてくれ。採取しやすいポイントは受付嬢が把握しているし、ギルドの図書室には、薬草図鑑もある。森へ採取に行くときは、今使った採取道具はもちろん、薬草や食材を傷めないように運ぶため、こういった背負籠《しょいかご》も用意したほうがいい。大・中・小のサイズがあるぞ。採取道具は、すべてギルドの売店で売っている」

俺は採取専門の冒険者になるつもりだから、いろいろ道具を揃えたいけど、幼児が使える道具は、スコップと鋏と背負籠くらいだな。

　連れ立って来た道を引き返し、ギルドの送迎馬車に乗って薬草園を出ると、アルマン先生が俺たちに言う。

「冒険者見習いの主な仕事は採取と雑用だ。しかし、運が悪ければ、森で魔物に出くわすこともある。それに何より、ランクを上げて魔物を討伐しなければ、安定した収入を得るのは難しい。だから冒険者ギルドでは、引退した高ランカー冒険者が、護身術や戦闘術、各属性の魔法レッスンを行っている。必要な武器も無料で貸し出しているから、自分に向いた武器を探す参考にもなるぞ。大人は有料だが、子供は無料だ。奮って参加してくれ」

　子供は無料でレッスンが受けられるなら、一通り受講させたいけど――うちの子たち、俺から離れるのを嫌がるんだよね。

「子供にレッスンを受けさせる場合、保護者は見学できますか？」

「事前に申請して、許可を取れば見学可能だ」

「どんなレッスンがあるのか、詳しく教えてください」

「初心者向けの入門コースは、剣術、槍術、弓術、棍棒術、投擲術、盾術、身体強化魔法を取り入れた護身格闘術。魔法は今のところ、稀少属性の講師がいないから、基本の四属性だけだ。もっとも、稀少属性の生徒も滅多にいないがな。ちなみに、獣人族は放出系の魔法は使えないが、身体強化魔法は使えるぞ」

なるほど。子供たちにレッスンを受けさせるなら、武器と防具と護身格闘術だな。

魔物は魔法でなんとかできるけど、街中で暴漢に襲われる可能性もあるし。俺も護身格闘術は習ったほうがいいかも。身体強化魔法も習えて、一石二鳥だ。

「大人と子供、一緒にレッスンを受けられますか？」

「ああ。団体レッスンは大人と子供で別れているが、個人レッスンは子供と一緒に受けられる。入門編はどれも一回一時間で全六回。お試しで一回だけでも受講できる。レッスン料は、一回につき銀貨五枚。子供は無料だ。ギルドの総合受付窓口で予約してくれ」

帰りの馬車の中で、アルマン先生は『レッスンを担当する先生たちの経歴』なども、いろいろ話して聞かせてくれた。

どの先生も、現役時代はBランク以上の冒険者で、中二病っぽい二つ名がつくほど有名な人たちみたいだ。

6．お買い物に行こう！

森を出た馬車は関所を抜け、村の大通りにある冒険者ギルドに到着した。

俺と子供たちはアルマン先生と別れ、ギルドのロビーへ移動する。

喉が渇いたし。とりあえず、暑苦しい鎧や防具を外して一服したいよ。

「あそこの椅子が空いてるから、座って午前のおやつにしよう」

朝のおやつはバナナシェイク。バナナ、牛乳、バニラアイス、氷をミキサーにかけるだけの、簡単に作れて、栄養があって、飲み物なのにお腹も膨れるおやつだ。氷は運アップ効果がある『天《あめ》の真名井《まない》の御霊水』を使っている。

俺はアイテムボックスから、テイクアウト用の四穴ホルダーにセットしているバナナシェイクを取り出した。

紙コップに紙リッド《フタ》をつけてるんだけど、鼻が利くシヴァには匂いで判ったみたい。

「わんっ！　バナナとアイスクリームのにおいだ！」

「当たり！　これはバナナ味の、ジュースみたいに飲むアイスクリームだよ」

「「わぁーぃ！」」

俺は紙リッドに紙ストローを挿し、子供たちにバナナシェイクを配った。

早速シェイクを飲んだ子供たちが歓声を上げる。

「ばにゃにゃしぇーく、ちゅめたぁーい♪　おいしー♪」

「わぅ～ん！　つめたくて、あまくて！　すっごくおいしー！」

「ひやっとして、あまくて、とろとろ♪」

今日のおやつも大好評だな。

子供たちが全身で喜びを表現しながら飲んでいるから、なんとなくほかの冒険者やギルド職員に注目されている気がするよ。

俺も身軽になって、冷たいバナナシェイクを堪能した。

みんなが飲み終わったところで、ゴミをまとめて亜空間ゴミ箱にポイして、総合受付窓口へ向かう。

「すみません。護身格闘術入門コースの個人レッスンを予約したいんですが」

「明日以降、来週までの予約可能な時間帯は、午前中か、午後三時から四時までです」

午前中が開いているのは、見習い冒険者は午前中に薬草採取の仕事をするからだろう。

俺たちも午前中は森へ採取に行く予定なので、午後三時から六日間まとめて個人レッスンを予約した。

売店へ行って、四人分の採取道具も買っておく。

『銀狼の牙』との待ち合わせは『昼頃』だから、まだかなり時間が残ってるなぁ。できれば午前中に、子供服を買いに行きたいんだけど……

まったく勝手が判らないから、冒険者ギルドの相談窓口で訊いてみた。

「すみません。五歳の男の子と、三歳の女の子の、冒険者見習いが着る服を売ってる店って、近くにありますか？」

「冒険者ギルド周辺にある衣料品店なら、どこでも冒険者見習い用の子供服を扱っていますよ。一番品揃えが豊富なのは、『冒険者ファッション専門店ミラベル』です」

「そのお店、どこにありますか？　昨日の夕方この国に来たばかりで、どこに何があるか、まったく判らないんです」

「屋台広場の西側の通りにありますよ。小銀貨三枚で販売している、ギルド周辺お買い物マップにも載っています。おすすめ屋台や宿屋、武器屋の情報なども、これを見ればだいたい判ります」

「買います！　一部ください！」

ギルド周辺お買い物マップには、最寄りの駅、乗合馬車の待合所、辻馬車乗り場も書いてあって、駅馬車や乗合馬車の時刻表も付いていた。

衣料品店や雑貨屋の場所も載っているけど、絶対欲しい置き型バスタブを売っている店は、マップを見ても判らない。

「すみません。バスタブって、どこで売っていますか？」

「バスタブ……ですか？」

俺の問いに、受付嬢は怪訝な顔で問い返す。

「はい。置き型のバスタブです。俺の故郷では、庶民でも毎日風呂に入るのが当たり前だったけど、この辺りでは、庶民が泊まれる宿は風呂なしが当たり前で。風呂に入れなくて困っているんです。お湯を張るのも捨てるのも魔法でできるので、バスタブが無理なら、成人男性が入れるくらい大きな樽《たる》でも構いません。どこかで売っていませんか？」

受付嬢は少し考えこみ、申し訳なさそうに答えた。

「そこまで大きな樽ですと、おそらく特注になるでしょう。かなり高額になりますし、引き受けてくれる職人がいるかどうかも判りません。有料のシャワー室でしたら、冒険者ギルドの訓練場や、冒険者ギルド直営の宿にありますよ」

冒険者は訓練や肉体労働で汗をかくし、汚れ仕事が多いから、体を洗う施設はちゃんとあるんだな。ないと困るよね。

「体を洗うだけじゃなくて、のんびり湯船に浸かってリフレッシュしたいんです！　風呂のない人生なんて、耐えられません！」

受付嬢は、俺の風呂に対する情熱に困惑しつつも教えてくれた。

「貴族の邸宅で使われるようなバスタブなら、貴族御用達《ごようたし》の店で扱っています。でも、おそらく金貨十枚はかかるかと……」

金貨十枚は、推定百万円くらいだ。確かにすごく高価だけど、昨日金貨三十五枚の臨時収入があったから、キャッシュで買えない額じゃない。

「貴族御用達の店は、冒険者でも買い物できますか？」

「ええ。商品の搬送に、冒険者の護衛はなくてはならないものですし。王族や貴族の子弟が冒険者になることも、冒険者が騎士爵や男爵に叙爵《じょしゃく》されることもありますから、まともな商人なら、ランクを問わず、冒険者を無下に扱ったりしませんよ」

「だったら、その店へ行ってみます。どこにあるか教えてください！」

「ルジェール村から一番近いのは、乗合馬車で二時間くらいのエレンヌ町にある、ファイアン陶器店です。ここはリファレス王室御用達の陶器を作る窯元《かまもと》の直営店で、陶器のバスタブも扱っていますよ。有名店なので、地元の方に聞けば、場所はすぐ判ると思います」

「ありがとうございます！　あと、髪を梳《と》かすブラシや歯ブラシ、石鹸とかは、雑貨屋へ行けばいいですか？　それとも薬屋でしょうか？」

「雑貨屋で扱っていますよ。ルジェール村の雑貨屋でも置いていますが、エレンヌ町商店街の雑貨屋のほうが種類が豊富です。エレンヌ町商店街のお買い物マップもありますよ」

俺はエレンヌ町のお買い物マップも購入し、子供たちを連れてギルドをあとにした。

「じゃあ、まずは午前中に、みんなの服を買いに行くよ」

俺の言葉に、子供たちは嬉しそうに瞳を輝かせてはしゃぐ。

「わうっ！　ぼうけんしゃのふく、かうの？　やったぁ！」

シヴァは万歳して飛び上がり。

「あたらしいふく、楽しみにゃん♪」

キャティは浮かれてスキップしている。

「ありがと、おにいちゃん！」

ラビは笑顔で俺に抱き着いてきた。可愛いなぁ、もう……。

「みんな、気に入る服があるといいね」

俺も笑顔でそう返し、地図を確認しながら、大通りに面した屋台広場の西側にある、ルジェール村の商店通りへ向かった。


受付嬢イチオシの衣料品店『冒険者ファッション専門店ミラベル』は、商店通りの目立つ場所にある。ヘルディア王国の王都にある『レイド商店』のほうが店構えは大きいが、多分この村では一番大きな店だと思う。

専門店だけあって、冒険者向けの服や装備品は驚くほど品揃えが多く、評判通りキッズコーナーがとても充実している。

この店の子供服、ヘルディア王国では見かけなかった柄物があるんだ。

しかも、鮮やかな色や明るいきれいな色が多い。

「冒険者の服って、森で目立たない『大地や植物などの自然色』じゃないの？」

言語翻訳スキルが仕事をしたようで、『アースカラー』と表現しようとしたら、違う言葉を口にしていた。

俺の呟きを聞きつけて、近くにいた女性店員がススッと近寄ってきて言う。

「潜伏《せんぷく》系のスキルや魔法・魔道具をお持ちの貴族の子弟や高ランカー冒険者は、華やかな色柄物を好む方が多いですよ。お子様にも、同様の品をお求めになります。この国の染色技術は、エポーレア大陸で最も発達していますし。当店で魔法を付与した服や装備品をフルオーダーするため、他国からいらっしゃるお客様も多いんです」

「なるほど。Gランク冒険者の仕事は、村や町での雑用か、森の浅部で保護者が付き添って採取をするだけだし。懐具合《ふところぐあい》に余裕があれば、地味な冒険者スタイルより、可愛い服を着せたいのが親心ですよね」

ちなみに、地味な冒険者スタイルの子供服は、ワゴンセールで安売りしてる。

きれいな色柄物は、その三倍から十倍以上の価格だ。

「キャティ、これがいいにゃん！」

キャティが指さしたのは、キッズコーナーのマネキンが着ている、女の子用にコーディネートされた服と装備品。

白とピンクの起毛革《ヌバック》とワインレッド魔牛革《レザー》に、金色の金具を使った革の軽鎧《ライトアーマー》。お揃いの革手甲《アームカバー》と革脚絆《ゲートル》。ボルドー魔牛革《レザー》のトレッキングブーツと、装備ベルトとポーチ。

鎧の下のフード付きレースアップチュニックシャツは、パステルピンク地にマゼンタのバラ柄で、ギャザーたっぷりの裾フリルがミニスカートみたいで可愛い。

ボトムはストレッチ素材を使った、濃いピンクのスリムパンツだ。

「こちらは当店一押しの、衣類を水や汚れから守る撥水魔法と、サイズ調節魔法を付与した既製服と装備品です。小さいサイズを大きくすることはできませんが、大きいサイズをジャストフィットさせることができます。付与魔法の有効期限は来シーズンまでですが、有料で掛け直すこともできますよ。獣人族用の、尻尾を出せるボトムスもございます」

「じゃあ、キャティの服はこれにしようか。シヴァとラビはどんな色の服がいいの？」

俺の問いに、シヴァが笑顔で答える。

「あのね。ママがね。『シヴァは、みどりいろのふくがにあうね』っていってたよ」

「確かに。今着てる服も緑系だし。シヴァはオレンジの赤毛だから、緑が似合うね」

ラビも小さな声で躊躇いがちに言う。

「ぼく……おそらのいろや、コーンフラワー《ヤグルマギク》のいろがすき」

「そっか。ラビは青みがかった銀髪だから、ブルー系が似合いそうだね」

俺がそう言うと、ラビがふわんと微笑んだ。可愛い！

「女の子用と同じ魔法を付与した、グリーン系とブルー系の服と装備品ってありますか？」

「ございます。お勧めの品をお持ちしますね」

店員さんはすぐに、男の子用の衣類と装備品を二人分用意してくれた。

「こちらはいかがでしょうか？」

シヴァにお勧めの装備品は、イエローグリーン系起毛革《ヌバック》とディープグリーン魔牛革《レザー》に、銅色の金具を使った革の軽鎧《ライトアーマー》。お揃いの革手甲《アームカバー》と革脚絆《ゲートル》。黒に近いベリーダークグリーン魔牛革《レザー》のトレッキングブーツと、装備ベルトとポーチ。

レースアップチュニックシャツはクリーム色。

ボトムスはグリーン系迷彩柄のカーゴパンツ。

ラビにお勧めの装備品は、ライトブルー系起毛革《ヌバック》と、ウルトラマリンブルー魔牛革《レザー》に、銀色の金具を使った革の軽鎧《ライトアーマー》。お揃いの革手甲《アームカバー》と革脚絆《ゲートル》。ネイビー魔牛革《レザー》のトレッキングブーツと、装備ベルトとポーチ。

レースアップチュニックシャツはスカイブルー。

ボトムスはブルー系迷彩柄のカーゴパンツ。

「うわん！　カッコイイ！」

「ぼくのすきないろ！」

二人とも、気に入ったみたいだな。

「サイズ調節魔法付きの服や装備品って、試着できますか？」

「はい。もし鎧が重いようでしたら、軽量化魔法を付与することもできますよ」

「じゃあ、試着する前に、この子たちに合うサイズの下着や靴下も選んでください。今ついでに着替えさせたいので、下着と靴下は先に購入します」

昨日体は拭いてるけど、子供たちは何日も着替えてないから、このまま試着するのは申し訳ないもんね。

報奨金が入った麻袋を取り出して見せると、店員さんはいい笑顔で答えた。

「あとでまとめてお支払いで構いませんよ。清算前の商品を、店から持ち出すことはできませんから」

どうやら魔法で防犯対策をしているらしい。

メジャーで子供たちのサイズを計って用意してくれた下着と靴下は、付与魔法なしで普通のお値段だった。

衣類一式を持って案内された試着室は、カーテンで仕切られた半個室。キッズコーナーだからか、親子で入って着替えられる広さだ。

（試着室の仕切りがカーテンでよかった。うちの子たち可愛いから、一人ずつ着替えさせ

てる間に、また誘拐されたらと思うと、怖くて目が離せないよ）

幼児三人くらいなら一緒に試着室に入れるから、俺は外からカーテンの中に体を潜り込ませて、着替えを手伝うことにした。

男の子たちはある程度自分で服を着替えられるから、俺は主にキャティの世話を焼けばいい。

試着した服はかなり大きめだったけど、着せたらするする縮んでいった。

「しゅごーい！」

「ホントにまほうのふくだ！」

「シャツもズボンもぴったりになったよ！」

「そうだね。試着室は狭いから、装備品は外へ出て着けよう」

外から鎧を着せるのは、さすがに俺がしんどい。

子供たちが脱いだ衣類を畳んで収納し、カーテンを開けてブーツを履かせ、子供たちを試着室から出した。

「じゃあ、防具を試着するよ。シヴァからおいで」

俺も初めて革鎧を身に着けた時は、着方が解らなくて店員さんの手を借りたっけ。

今じゃすっかり慣れたもんだ。

「よしっ、できた！　似合うよ、シヴァ」

初めての冒険者ファッションが嬉しいらしく、シヴァは尻尾をフリフリ、特撮ヒーローみたいな決めポーズで言う。

「わん！　カッコイイ？　おれ、カッコイイ？」

「うん。凄くカッコいいよ」

「「カッコイイー！」」

シヴァはますます大喜びで尻尾をぶん回す。

「こちらに全身鏡がありますよ」

店員さんに案内されて、鏡の前で何度もキメポーズを取っている。

「じゃあ次。ラビ、おいで」

ラビは大人しくて気が弱いけど、やっぱり男の子だね。ブルー系の革鎧をみて、短い尻尾がピルピル震えるみたいに揺れてるよ。

「よしっ、できたよ。ラビもよく似合ってる」

「か……カッコイイー？」

シヴァみたいにキメポーズを取りたいけど、『恥ずかしくてできない！』って風情で佇んでいるラビ。

（……カッコいいというより、めちゃめちゃ可愛い！）

でも俺は空気の読める大人だから、そんなこと言わないよ。

「すっごくカッコいい！」

「カッコイイよ、ラビ」

「かわいいにゃんよ」

約一名空気を読めないお子様がいるけれど。

「シヴァもラビも、カッコいいGランク冒険者に変身したね。次はキャティだよ」

振り返ると、可愛いリボンをつけたキャティが嬉しそうにニコニコ笑ってる。

「えっ？　可愛い！　そのリボンどうしたの？」

「当店で扱っている、撥水魔法を付与したリボンです。こちらは無料でお付けします」

商売上手な店員さんにお礼を言って、三歳児には大きすぎる革鎧を着せていくと、あっという間にジャストフィットして、三人目のGランク冒険者に変身した。

キャティは両手を頬に当て、小首を傾げて上目遣いで問いかける。

「にあうにゃ？」

「うん。似合う。可愛いよ、キャティ。着心地はどう？　鎧は重くない？」

「だいじょぶにゃよ」

「おれもだいじょーぶ！」

「ぼくも！」

「じゃあ、追加の付与魔法は必要ないね」

俺は店員さんに向き直って言う。

「これ全部買います。このまま着て帰ります。あと、下着や靴下、リボンを含めて、洗い替えの服を四着ずつと、気温が低い日に重ね着できるアウターと、デザイン違いか色違いのブーツを二足ずつ、三人分追加で見立ててほしいんですが」

「かしこまりました！　すぐにご用意します！」

即座に答えた店員さんの笑顔がキラキラ輝いている。いや、ギラギラか？

キャティもキラキラの笑顔で言う。

「キャティ、ピンクのふくがいいにゃ！」

「えっ⁉　五着全部ピンクにするの？」

俺の問いに、キャティは力強く頷く。

「ピンクがいいにゃん！」

もともと着ていたシンプルなワンピースもくすんだピンクだったし。よっぽどピンクが好きなんだな。

「……ほかにもピンクの服ってありますか？」

「ございます！」

店員さんは、お勧めのピンクの服を探して持ってきてくれた。

「チュニックシャツをこういった柄物にして、他を無地で揃えると、着回ししやすいと思います」

お勧めのチュニックシャツは、ピンク地に白のドット柄、濃いピンクと白のストライプ柄、ピンク系のチェック柄、ピンク系の豹柄。

ボトムスは色合いや濃さの違うピンクのスリムパンツ。

アウターは、チュニックベストと、革鎧の上から羽織れる布製ロングカーディガン。

ローズピンクのチュニックベストは、裾からチュニックシャツのフリルが覗く丈で、Aラインのジャンパースカートを重ね着するような感じだ。

マゼンタのロングカーディガンは、襟・前立て・裾・袖にフリルが付いている。

こういうカーディガン、レストランで働いてたとき、女性が羽織ってるのをよく見たよ！

「かわいいにゃ！」

キャティは大きなネコ目を見開いて満面の笑みを浮かべ、お耳ピコピコ、尻尾ピーンで、嬉しそうに候補に挙がった服を眺めている。

「グリーンの革鎧には、こちらの服がお勧めです」

チュニックシャツはデザイン違いのクリーム色やアイボリー、淡いサンドベージュ系。

カーゴパンツは、ヒョウ柄、トラ柄、キリン柄と、グリーンのマーブル柄。

チュニックベストはモスグリーンで、ミリタリーっぽいポケット多めのデザインだ。

オリーブグリーンのロングカーディガンは、裾がイレギュラーに変形したヘムライン。

トレッキングブーツは、パンツに合わせたブラウンとオリーブグリーン。

「ブルーの軽鎧には、こちらがよろしいと思います」

チュニックシャツは、デザインや色味の違う淡いブルーやラベンダー、ライトパープル。

カーゴパンツは、グレーのヒョウ柄、ブルー系のゼブラ柄、ダルメシアン柄、ネイビーのマーブル柄。

コバルトブルーのチュニックベストは、シヴァと色違いの同じデザイン。

バイオレットのロングカーディガンは、羽織ると左右の前立て部分にドレープができ、閉じればドレープが交差する。

トレッキングブーツは、チャコールグレーとダークバイオレットだ。

「は……派手だね」

「「カッコイイ！」」

俺はちょっと戸惑ったけど、男の子たちは気に入ったみたい。

「国内外のダンジョンで活躍している高ランカー冒険者が、こういったデザインの服を愛用なさっているので、上位勢に憧れている若い冒険者の間で流行っているんですよ」

（この世界には、ダンジョンまであるんだな）

高ランカー冒険者が愛用していると聞いて、ますます食いついた男の子たちが、瞳を輝かせてねだる。

「おにーちゃん！　おれ、これがいい！」

「ぼ……ぼくも……！」

「キャティもこれがいいにゃ！」

俺、まだ結婚どころか恋人すらいないのに、気分はすっかりおねだりに弱い溺愛系のお父さんだよ。

「わかった。じゃあこれにしようか」

「「わぁーい！」」

「それと、防寒と雨除けを兼ねた、耐水加工のフード付きレザーマントも、三人分欲しいんですが……」

「畏《かしこ》まりました。ピンクはないので、ボルドー、ダークグリーン、ネイビーの魔牛革でよろしいでしょうか？」

「はい。それでお願いします」

俺としては、『隠密行動を取りたいときに、フード付きマントで顔を隠すこともあるだろうから、さすがにピンクのマントはやめてぇ～』と思ってた。

必要なものが揃ったので会計を頼むと、意外な言葉が返ってきた。

「お支払いは、ギルドカード決済もできますが、現金でよろしいですか？」

「えっ⁉　冒険者ギルドカードで精算できるんですか？」

てっきり『冒険者ギルド内でのやり取りしかできない』と思ってたんだけど。

「はい。シルバー以上の商業ギルドカードを持つ商人の店舗では、冒険者ギルドカードで決済可能です。当店の看板にも『ゴールド』マークが付いていますが、カード決済可能な店舗の看板には、必ず店のランクが表示されていますよ」

ランク表示なんてまったく気づいてなかったけど、カード決済できるお店が一目で解るのはありがたい。

「じゃあ、カード決済でお願いします」

三人分の子供服をまとめ買いしたら凄い金額になったけど、今は慰謝料や報奨金で懐が温かいから問題ない。

使った分だけ稼げばいいんだ！

俺は洗い替え用に買った衣類をアイテムボックスに収納した。

「このあとは、冒険者ギルドで『銀狼の牙』のお兄さんたちと会って、午後から街へ行くだけだし。鎧は外して仕舞おうか」

「やだっ！　このままがいい！」

「ぼくも」

「おにーしゃんたちに、みしぇるにゃんよ！」

俺だったら、このクソ暑いのに鎧なんて着たくないけど、子供たちは違うらしい。

「じゃあ、このまま帰ろう」

「ありがとうございました！　またのお越しをお待ちしてます！」

めちゃめちゃ嬉しそうな笑顔の店員さんに見送られ、俺たちは冒険者ギルドへ向かう。

買ったばかりの衣類にご満悦の子供たちは大はしゃぎ。

シヴァはダッシュで駆け出し、ラビは三段跳びでホップ、ステップ、ジャンプ！

キャティはスキップしながら歩いてる。

「一人で先に行かないで、シヴァ。そんなに飛び跳ねたら危ないよ、ラビ。キャティも、転ばないように気をつけてね」

「「「はーい！」」」

返事だけはいいんだけど、どうにも嬉しい気持ちが抑えられないらしい。


冒険者ギルドの受注窓口は、午前中の仕事を終えた冒険者たちで混雑しているが、ロビーにある休憩用のテーブルセットはいくつか空いていた。

冒険者ギルドのロビーの壁には、振り子時計が掛かっている。

十二時はとうに過ぎているけど、まだ『銀狼の牙』のメンバーは来ていないようだ。

俺は子供たちと休憩用の椅子に座って、麦茶を注ぎ分け、弁当の紙箱を広げた。

「今日のお昼ご飯は鯛焼きだよ」

魔道ホットサンドプレートで作ってきたのは、普通よりちょっと小さいサイズの鯛焼き三種類。小豆餡《あずきあん》入り。ポテトサラダ入り。甘口ドライキーマカレーとチーズ入りだ。甘いものばかりじゃ、栄養が偏《かたよ》るからね。

鯛焼きは一個ずつ、色違いのラインが入った片貼袋《オープンパック》で包んでいる。

一つ取り出し、開口部を広げて見せると、キャティが歓声を上げた。

「にゃにゃっ！　おしゃかにゃ！」

鯛焼きの形が、キャティのツボに大ヒットしたようだ。

「おしぼりで手を拭いてから、まずこの、ポテトサラダ入り鯛焼きを食べてみて」

鯛焼きの食べ方で性格が判るって言うけど、気が強くて負けず嫌いなキャティは頭からガブリといった。

明るく元気なシヴァはお腹から。

大人しいラビは背びれから食べている。

ちなみに俺はお腹から食べる派だ。ときどき餡子が入ってない尻尾で口直しして、最後に背びれを食べるのが一番美味しい食べ方だと思う。

「たいやき、おいしーにゃっ！」

「ぅわん！　たまごとハムがはいってる！　おいしい！」

「ポテトサラダすき♪」

うんうん。ポテトサラダは、みんな好きだと判ってたよ。

「次は約束していたカレー入りの鯛焼きだよ。一応甘口カレーだけど、たくさん作ってきてるから、苦手な味だったら、ムリして食べなくてもいいからね」

日本では、カレーは常に子供が好きな料理ランキングの上位だけど、料理が発達してない世界の幼児の口に合うか、ちょっとドキドキだ。

「はじめてのあじにゃっ！　おいしーにゃよ！」

「ぅわんっ！　かわったあじのおにくとチーズがいっぱい！　おれ、これだいすき！」

「ぼくも！」

よし！　この世界でもカレーは子供に大人気！　今度カレーライスを作ってあげよう。

「ニーノさん！」

不意に覚えのある声が聞こえて、顔を上げると、ロビーへ入ってきた『銀狼の牙』の四人が見えた。

「あっ！　ぎんりょーのおにーしゃんたち！」

子供たちは食べかけの鯛焼きをテーブルの上に置き、席を立って前に出て言う。

「みてみて！　ぼうけんしゃのふく、かってもらったんだよ！」

「おようふく、いっぱい、かってもらったの」

「にあうにゃ？」

オリバー、ヒューゴ、ノア、ジェイクが、微笑ましげな笑みを浮かべて答えた。

「似合う似合う！」

「よかったな」

「これ、ミラベルが売り出してる、高ランカーモデルの子供服だよね？　可愛い～！」

「いい服買ってもらったじゃん。ちょっとそこでくるっと回ってみてよ」

「うんっ！」

シヴァが元気に答えて、嬉しそうに尻尾をフリフリその場でターンする。

「いいにゃよ」

キャティはお澄まし顔でピーンと尻尾を立てて答え、くるっと回って、おしゃまなポーズで可愛くキメた。

ラビは恥ずかしそうにほっぺを赤く染め、おずおずとゆっくり回って、上目遣いでジェイクを見上げて問いかける。

「……これでいい？」

「おーっ！」

「いいねいいね！」

「すっごく可愛い！」

「一端《いっぱし》の冒険者見習いだな」

「みんな可愛すぎっ！」

　大人五人で歓声を上げながら拍手すると、シヴァとキャティはドヤ顔で笑い、ラビはますます恥ずかしそうに顔を赤らめてはにかむ。

「ところでニーノさんたち、美味そーなモン食べてるね」

　ジェイクの視線が鯛焼きに注がれている。

「幸運を呼ぶ縁起菓子《ラッキースイーツ》の鯛焼きです。たくさん作ってきたので、よかったら皆さんも一緒に食べませんか？」

「いいのか？」

「やったぁ！」

「ありがとう、ニーノさん！」

「ニーノさんの料理は美味いから、誘ってもらえて嬉しいよ」

「緑のラインが入ったオープンパックがポテトサラダ、茶色いラインが甘口カレーとチーズ、赤いラインが小豆餡です。よかったら、麦茶もどうぞ」

　オリバーは鯛焼きを手に取り、豪快に頭から二口で食べた。

「辛口カレーもスパイシーで美味かったが、甘口カレーとチーズの組み合わせもイケるな。

パリッとした皮も香ばしくて味わいがある」

「これ、どうやって魚の形にしてるんだ？」

「こんな食べ物初めて見たよ。穴も切れ目もないのに、具が入ってるのも不思議……」

ヒューゴとジェイクは、じっくり鯛焼きを観察してから口にする。

「アズキアン最高～！」

ノアは相変わらず、甘味に目がないようだ。

惣菜鯛焼きを食べ終わった子供たちも、小豆餡入り鯛焼きに手を伸ばす。

「あまいにゃ～ん！」

「くぅーん！　くぅーん！　おいしいよぅー！」

「ぷぅ！　あんこ、だいすき♪」

三人とも、にこにこしながら耳をピコピコ、尻尾をピンと立てたり振ったりしている。

鯛焼きはどれも好評で、あっという間に全部きれいになくなった。

「さて。腹も膨れたし。査定の結果を聞きに行くか」

オリバーがそう言ったので、みんな席を立って買取窓口へ向かう。

昨日案内された個室へ通され、しばらくして担当者が入室した。

「こちらが査定結果です。皮剥ぎも丁寧に処理されていたので、状態がいいものは高値を付けさせていただきました」

査定結果の書類を横から覗き見たジェイクが、大喜びで叫んだ。

「やった！　これだけあれば、思ってたよりいい装備に買い替えられる！」

俺もゴブリンジェネラルの群れやキラービーの魔物素材の割り当て分と、荷運びと解体の謝礼金で、また予想以上の臨時収入を手にした。

ギルド口座振り込みで売却手続きを済ませると、ジェイクが待ちきれない様子でオリバーに言う。

「早速武器屋へ行こうよ！」

「そうだな。俺も剣を研ぎ直しておきたいし……」

俺たちはここで別れて、それぞれ買い物に行くことになった。

「じゃあ、ギルドを出る前に、鎧を脱いで仕舞おうね」

「えーっ！」

シヴァは防具を身に着けた冒険者スタイルが気に入ったらしく、不満の声を上げる。

「今は真夏だよ。午後からもっと暑くなるのに、鎧なんか着てたらバテちゃうよ。森へ行くときは安全のために着たほうがいいけど、今日はもう、街でお買い物するだけだから、防具は必要ないでしょ。脱がせてあげるから、おいでキャティ」

「はいにゃ！」

「いい子だね」

よしよしとキャティの頭を撫でると。

「ぼくもいいこだよ」

ラビが撫でて欲しそうな顔でキャティの後ろに並んだ。

「うん。ラビもいい子」

期待に応えて、ラビの頭も撫でてあげた。

「おっ、おれだって、いいこだもん！」

シヴァも俺に撫でてほしいらしい。

ほんと、みんな可愛いよねぇ。


バスタブを扱う店がある町の商店街へ行くには、馬車を利用しなければならない。

俺は子供たちを連れて乗合馬車の停留所へ向かった。

乗合馬車は、地球で言うと路線バスみたいなものだ。

駅馬車は四頭立て以上の箱馬車で、長距離の整備された道を軽快に走るけど——乗合馬車は一頭立てか二頭立ての屋根付き馬車で、待合所にいる客を拾いながら、のんびりと決まったコースを回っている。

俺たちはルジェール村が始発の馬車に乗り、予定通り二時間弱でエレンヌ町に着いた。

「ここで降りて歩くよ」

目的の店がある商店街は、停留所のすぐそばにある。

ファイアン陶器店の目印は、バラが描かれた絵皿の形の看板だ。

看板をよく見てみると、黒地に『プラチナ』って銀文字のマークが……！

（そういえばここ、リファレス王室御用達の陶器を作る窯元の直営店だっけ……）

格式の高い名門ブランドショップだから、Sランクなんだね。

店頭には、優美で上品な陶器の食器、飾り皿や壺、傘立てなどが飾ってある。

店内を眺め回していると、『裕福な商人』って感じの男性が声をかけてきた。

「いらっしゃいませ、何をお探しですか？」

「置き型のバスタブを探しています。給水も排水も魔法でできるし。アイテムボックスがあるので、取付工事も配達も必要ありません。できれば今日買って帰りたいです」

「バスタブは注文販売ですが、どうしてもとおっしゃるなら、見本でよろしければお売りしますよ。でも、こんな大型の重い物、本当にアイテムボックスに収納できますか？」

「大丈夫です。大型の荷馬車ごと余裕で収納できますから」

「ええっ!?　そこまで大きなアイテムボックスをお持ちとは、羨ましい限りですなぁ」

彼は納得した様子で、俺たちを店の奥へ案内してくれる。

「こちらが見本の置き型バスタブで、貴族女性向けのデザインとなっております」

バスタブは二種類。どちらも白い陶器製で、丸型にユリ、楕円型にバラが描かれていて、とてもお洒落だ。さすが貴族女性向け。価格も貴族向けだよ。

「大きいほうの、楕円型バスタブをください」

俺はお高いバスタブを、冒険者ギルド口座からの一括払いで購入し、アイテムボックスに収納した。

(これで今夜は風呂に入れる！)

嬉しさに小躍《こおど》りしたい気分で店を出て、次は町で一番大きな雑貨屋へ行ってみた。

ここはシルバーランクのお店だね。

「すみません。髪を梳くブラシと歯ブラシ置いてますか？」

「獣毛ブラシと魔獣毛ブラシがありますよ」

魔獣毛ブラシはお高いけど、獣毛ブラシより丈夫で、熱に強くて、水洗いできるから手入れが簡単なんだって。

歯ブラシは馬毛歯ブラシを買った。

「歯磨き粉と、髪や体を洗う石鹸はありますか？」

「はい。お手頃なのは獣脂石鹸や魔獣脂石鹸ですが、オリーブオイルを使った、いい香りのするエッセンシャルオイル入りの高級石鹸も扱っています。歯磨きにも使えますよ」

大きいブロック石鹸を、ナイフやワイヤーカッターでカットしながら使うんだって。

ちなみにオリーブオイルを使った高級石鹸は、リファァレス王国南部や、ロランツェ王国、イェステーリャ王国で作られているらしい。

ランジェル辺境伯領は、リファァレス王国北東部にある。

南部からは遠いし、他家の領地の通行税や運送費、護衛料や損失保険もかかるから、高価になりすぎて庶民は使えないよね。

でも俺は、脂臭い石鹸なんて使いたくないから、バラの香り、ジャスミンの香り、ラベンダーの香り、ベルガモットの香りと、蜂蜜入りの石鹸を一個ずつ買ってみた。


用事が済んだので、俺たちは乗合馬車の待合所へ戻った。

時刻表によると、帰りの馬車が来るまで三十分ほど時間がある。

「待ってる間、おやつにしようか」

俺の言葉に、子供たちが歓声を上げ、万歳しながら飛び上がって喜んだ。

「今日のおやつは、パンの耳の揚げ菓子だよ。手をきれいに洗ってから食べよう」

せっかくだから、ベルガモットの香りの石鹸を使ってみるか。

俺は待合所の外でウォーターボールを四つ浮かべ、スキルで石鹸を使い切りサイズにカットして配り、子供たちにお手本を見せた。

「こうやってウォーターボールで手を濡らして、石鹸を泡立てて、よくゴシゴシしてね」

「はーい！　ぅわん！　おみずのボールに、おてがのみこまれた！」

「にゃっ！　つめたいにゃっ！」

「せっけん、あわあわ～！」

子供たちは水遊び感覚で手を突っ込んで、キャッキャと笑いながら手を洗う。

汚れた水は異次元ゴミ箱へ捨て、すすぎを二回繰り返す。

「これでよし。じゃあ、みんな手を出して。《魔道タオル》」

吸水・浄化・回復魔法を組み合わせた、亜空間厨房の魔道具を魔法で再現してみた。

魔法が成功し、肌触りがよくなった手から、仄かに柑橘の香りがする。

待合所のベンチに並んで座り、俺は紙コップに入れた揚げ菓子とレモンスカッシュを子供たちに配った。

「美味しいよ。こうやって、手でつまんで食べてごらん」

「ぅわんっ！　ほんとだ！　おいしーい！」

「あまいにゃ！　キャティ、これもしゅきにゃっ！」

「さくさく♪」

そっか。ラビはとろとろが大好きだけど、サクサクの歯ごたえも好きなんだね。

みんなが食べ終わってから、揚げ菓子で汚れた手をウォーターボールで洗い直し、再びベンチに座って馬車を待つ。

商店街のほうから商家の使用人っぽい中年男性がやってきて、空いているベンチに座った。

「今日はお客さんが多いですねぇ。次の乗合馬車に乗れるかなぁ……」

男性の話では、夏場は気温が高い時間帯を避けて移動する人が多いので、この時間帯から客が増えるらしい。

そのとき、ちょうど通りかかった四人乗りの辻馬車が、商店街前で空車になったので、俺たちはその馬車を拾って帰ることにした。


夕方宿に戻って、客室に入ってすぐ、亜空間厨房へ移動する。

「すぐ晩ご飯を作るから、座って待っててね」

今夜は洋食屋ＮＩＮＯの人気メニュー、ふわとろオムライスにしようと思って、昨夜子供たちが眠ったあとで、いろいろ仕込んでおいたんだ。

メロンのライス型でチキンライスを皿に盛りつけ、その上にオムレツ状の玉子を載せる。

玉子の真ん中をナイフで切ると、とろりと半熟卵が流れ出す。

「「「わぁっ！」」」

驚いた子供たちが、目を輝かせて歓声を上げた。

これにデミグラスソースをかければ、ＮＩＮＯ特製ふわとろオムライスの完成だ。

子供たちのオムライスは、大人用より控えめの量で作った。

コーンポタージュをスープ皿に注ぎ分け、ドライパセリをトッピング。

彩りよく盛りつけたサラダには、ヴィネグレットソース《フレンチドレッシング》をかけて。

食後のデザートはスイカのソルベ《シャーベット》。

「できたよ。ニーノ特製オムライスセット。召し上がれ」

子供たちが嬉しそうにスプーンを取って、真っ先にオムライスを口に運ぶ。

「うわんっ！　おいしい！」

「にゃぁ～ん！　キャティ、これもだいしゅきにゃん！」

「とろとろ♪」

俺にとって、このオムライスは『親父の味』だ。

子供の頃から、よく父さんが作ってくれた、大好きなオムライス。

だから、この世界でできた、俺の家族に食べてほしかった。

幼い三人の語彙《ごい》は少ないけど、どれほど喜んでくれたかは、表情や体の動きで解る。

（君たちに会えて、本当によかった……）

突然異世界に召喚されたあの日、俺は自分の運命を呪った。

勇者召喚に巻き込まれた見習い料理人だとバカにされ、最悪の気分だった。

俺をバカにした奴らに利用されたくない。

早くここから逃げなければ。なんとか一人で生きていかなければ。

そう思って、追い立てられるような気持ちであの国を出た。

でも、君たちと出会って、心の底から笑えるようになったんだ。

今はただ、君たちを守ってあげたいと思ってる。

この世界に根を下ろして、君たちとともに生きていきたいと思ってる。

君たちが、一人ぼっちで途方に暮れていた俺の、心の支えになってくれたから。


胸に燻《くすぶ》る切なさと温かい想いに味付けされた食事が終わり、後片付けは魔道具にお任せで、俺は入浴準備を始めた。

石鹸は買えたけどリンスはないから、今日もローズヒップティーのリンスを作って、キッチンのテーブルセットをアイテムボックスに収納し、流し台の側にバスタブを出す。

シンクの水栓はハンドシャワーになっているので、試しにホースを引き出してみた。

「……なんか、思ってたよりホースが伸びるな。これなら不慣れな魔法で湯を張らなくても、魔道シンクの適温の湯を使えるよ」

まずバスタブを洗い、シャワーヘッドを引き出してバスタブに湯を張りながら、もう一つの水栓で子供たちの髪を洗っていく。

「よし。髪を洗ってる間に、湯も溜まったね」

まだ小さい子供たちは、三人並んで湯船に浸かれる。

俺はシヴァから順に子供たちを抱き上げて、湯船に浸からせた。

「おれ、まえにも、あったかいおみずに、はいったことあるよ！」

どうやらシヴァは、温泉か風呂に入ったことがあるようだ。

「ぼく、はじめて」

「キャティもにゃ～。あったかいおみず、きもちいーにゃ～」

ラビとキャティは初めてのお風呂だけど、気に入ってくれたみたいでよかった。

しっかり泡立つ石鹸のクリーミーな泡で体を洗い、汚れた水は直接異次元ゴミ箱へ捨て、最後にお湯のシャワーで体を流して、濡れ髪を《ドライヤー》魔法で乾かす。

そしていよいよ俺の番。

バスタブを洗って、髪を洗いながら湯を張って、久しぶりの風呂を堪能した。

「はぁー、極楽極楽。今日は凄い勢いで散財したし。明日から、宿代くらいは稼げるといいなぁ……」

7．第二の天職!?

今日は冒険者パーティーとして初仕事に挑む。

俺は日の出前に起きて朝食を作った。

弁当やおやつは昨夜のうちに作り置きして、無限収納庫に入れている。

「はーい、みんな。朝ご飯だよ。今日は森へ行くから、そろそろ起きて顔洗ってね」

シヴァやラビは声をかけるとすぐ目を覚ますけど、キャティは寝起きがよくない。

男の子たちが顔を洗っている間に、手が空いた俺が起こしに行くと、ようやくのっそり身を起こし、目を擦りながら大あくび。

男の子たちはすでに席に着いている。

顔を洗って、いつもの席に座ろうとしたキャティが、可愛い猫目を吊り上げて叫ぶ。

「にゃにゃっ！　キャティのしぇきに、シバがしゅわってるにゃ！」

「うわんっ！　おにーちゃんのとなりは、はやいものがちだよ！」

ちゃっかり俺の隣を陣取っているシヴァが言い返し、ラビは俺の向かいの席でオロオロするばかり。

「キャティ、おにーちゃんのとなりがいいにゃ〜！」

「はいはい。どこに座っても同じだよ。機嫌直して、ご飯食べよう」

注意すると、キャティは渋々シヴァの向かいの席に着く。

「今日の朝ご飯は、豆腐と鶏団子の中華風スープ、肉味噌炒飯、エビ餃子、ポテトチーズ餃子だよ」

今日は森へ採取に行くから、金運アップの餃子をメニューに取り入れた。

中華風スープは、運アップ効果を底上げするため、『天《あめ》の真名井《まない》の御霊水』を使った鶏ガラスープに、鰹と昆布の合わせ出汁を加えたダブルスープだ。

お茶にも、運アップ効果がある『弁天池の延命水』を使った。

これで今日の昼過ぎまでは、確実に運三十六倍だよ！

「わぅん！　チャーハン、まえにたべたのと、あじがちがう！　これもおいしー！」

「ギョージャもにゃん！　キャティ、おにくのギョージャも、エビギョージャも、ポテトチージュギョージャもしゅきにゃん！」

「スープにはいってる、この、まるいおにくがトリダンゴ？　トーフもトリダンゴもやわらかくて、すごくおいしー！」

気に入ってくれてよかった。

「デザートは、中華風ミルクプリンだよ」

中華料理のミルクプリンは、脂肪分の多い水牛ミルクで、ゼラチンを使わずに作るんだ。

生姜の凝乳酵素で固めた薑汁撞奶《キョンジャッソンナーイ》は、大人向けの生姜ミルクプリン。

双皮奶《シュアンピイナイ》は、卵白を混ぜて蒸した、やわらかめの茶わん蒸しみたいなミルクプリン。

北京の宮廷料理がルーツの宮廷奶酪《ゴオンティンナイラオ》は、酸を含む中国の甘酒《ジョウニャン》を混ぜ、蒸して固めた、チーズ風味の、ヨーグルトっぽいミルクプリン。

いろいろあるけど、今回俺が作ったのは双皮奶《シュアンピイナイ》だ。

「「ミルクプリン、おいしー！」」

子供たちは、デザートも大喜びで食べてくれた。


初仕事は『常時依頼の採取』をする予定だから、俺たちは冒険者ギルドへ寄らず、宿からまっすぐ森へ向かう。

「むこうの、きがあるところまで、かけっこしよう！」

シヴァがそう言い、「よーいドン！」で走り出す。

ラビは三段跳び。キャティも三歳児とは思えない速さでシヴァを追いかける。

疲れたら経口補水液で回復するので、俺も子供たちも常に元気いっぱいだ。

森に着いてから、俺は『食材探索』スキルを発動した。

すると、野草や茸、木の実など、食材がある場所に白い光の矢印が現れる。

薬草や薬の素材は碧色に光る矢印で、薬効が低いものほど矢印が白っぽい。

副作用が強い薬は矢印が黄色っぽくなり、重篤な副作用が起きるものは赤みを帯びる。

劇物や毒物は赤く光る矢印で、致死性が高い猛毒ほど黒っぽくなっていく。

光る矢印のおかげで、どこにどんなものがあるのか、だいたい見当がつくし。

見つけた食材を鑑定すれば、食材の名前や性質、用途や調理方法・調薬方法、採取方法や保管方法まで詳しく判るんだ。

採取専門の冒険者って、俺の第二の天職ではなかろうか？

「あっちにイノリン草がいっぱい生えてるところがあるよ。行ってみよう」

俺は子供たちを連れて、イノリン草の群生地へ向かった。

イノリン草の買取価格は微々たるものだけど――Ｆランクの依頼をこなせば『ギルド貢献ポイント』がもらえるから、きっちり採取しないとね。

広大な群生地に着いて、俺はアイテムボックスから背負籠を取り出し、しばらく子供たちと一緒にイノリン草を採取した。

近くにストルク草も生えていたから、ハサミを出して子供たちに手渡す。

キャティはまだ上手にハサミを使えないから、ストルク草の採取は俺がサポートした。

「たくさん採れたね。そろそろほかの場所へ移動しようか」

マムアの花も近くで群生してるから、みんなでせっせと花を摘む。

この先に、フランス料理に欠かせない『ジロール茸』の類似キノコ——アプリコ茸の群生地もあるんだ。

群生地目指して歩いていると。

「あっ！　強壮剤《きょうそうざい》の原料になるレアキノコ発見！」

その名もトニック茸。まんまなネーミングだけど、これは高価買取素材だと、俺の食材鑑定スキルが告げている！

ちなみに強壮剤といっても、男を奮い立たせるだけじゃない。疲労回復特級ポーションの材料で、幻の不老長寿薬の材料でもあり、薄くなった毛髪を甦らせるポーションも作れるとかなんとか。

超レアなトニック茸は、小さいものを二本残し、五本採取した。

アプリコ茸は、似たような毒キノコもあって、素人に茸狩りは難しいからか、たくさん生えている。

俺たちは、しばらくキノコ狩りに勤しんだ。

「そろそろ休憩しようか」

俺はアイテムボックスから、テーブルセットと午前のおやつを取り出した。

「午前のおやつは、スイカのフルーツポンチだよ～。この器は、半分に切って中身を繰り抜いたスイカの皮なんだ」

フルーツポンチを見た子供たちが、嬉しそうに瞳を輝かせて言う。

「ぅわんっ！　スイカって、おっきいんだね！」

「きれーにゃん！　おいししょーにゃん！」

「いろんなのが、いっぱいはいってるね。これ、なあに？」

「それはパイナップル。これはみんなが大好きな、マンゴーとバナナ。どれも暑い国や温かい国の果物だよ」

バナナは変色しやすいけど、フルーツポンチの材料であるシュガーシロップ・炭酸水・レモン果汁は、どれも果物の変色を防いでくれる。

「緑色の果物はキウイ。青紫の粒はブルーベリー。赤い実はサクランボ」

ちょうど今が旬の、北海道産最高級品種の大粒サクランボは、小さな子供たちがうっかりまるごと食べないように、解体スキルで柄を外し、種を抜いている。

「プルプルしたゼリーみたいなのはナタデココ。ココナッツっていう木の実のジュースを発酵させた食べ物だよ」

森で何が起きるか判らないから、発酵食品を食べて、魔法の性能を上げておかないとね。

トライタン製のフルーツボウルに取り分けて配ると、子供たちが大喜びで食べ始める。

「うわんっ！　こおってないスイカも、おいしー！」

「キャティ、バニャニャもマンゴーもシュイカもだいしゅきだけど、シャクランボも、しゅごくおいしーにゃん！」

「パイナップルも、キウイも、ブルーベリーも、あまくて、すっぱくておいしいよ！」

頑張って働いたあとの冷たいデザートは最高だな。

おやつと、それを食べる子供たちのご機嫌な笑顔に癒され、やる気が漲ってきた。

「そろそろ次の場所へ移動しようか」

この近くに、マナベリーの樹がたくさん生えているんだ。

マナベリーは落葉低木で、子供たちの手が届く場所にも実が成っている。

でも、採取しにくい高いところのほうが、食べごろの実がたくさんあるんだよね。

俺はアイテムボックスから踏み台を出し、たくさん熟れた実がついている場所を選んで、三カ所に設置した。

「高いところの実は、踏み台を使って採ってね。落ちないように気をつけるんだよ」

「「「はーい！」」」

俺たちは何度か場所を替えながら、競うようにマナベリーの採取に励んだ。

一時間ほどで作業を切り上げ、光る矢印に導かれて移動しては、テミスの葉や、アルトロ草の子株を見つけて採取する。

そうして道なき道を進んで、森の渓谷へと辿り着いた。

「うわー、マイナスイオンたっぷりって感じ――」

そこでふと、高い崖の中腹で光る碧い矢印に気づいたんだ。

ここまで強く濃い碧の矢印、初めて見たよ！

食材鑑定スキルで確認すると――。

（なにぃ～っ!?　『万能回復ポーションや、エリクサーの原料になるエルディナ草』だとぉ～ッ!?）

超絶レアな薬草の群生地だった。

これは、間違いなく高値がつく！

人の手が届かない、解りにくい場所に生えているから、エルディナ草の存在に誰も気づいてないのかもしれない。

いや――たとえ気づいたとしても、大賢者アリスガーさんがパクった高枝切鋏を使ったところで、あれを採取するのは無理だろう。

でも俺なら、採取できちゃうんだよねー。

ちょっと採取してみよう。

エルディナ草は根を使う薬草じゃないから、常時依頼の薬草みたいに、根元より少し上を刈り取ればいい。

「《風の刃！》《ウインドカッター》」

風魔法でニラ十束分くらいのエルディナ草を刈り取り、アイテムボックスへ収納！

やっぱり俺、採取専門の冒険者って、第二の天職だわ。

「さて。まだ昼前だけど、眺めもいいし。ここでお弁当にしよっか」

「うんっ！」

「もうおなかペコペコにゃ～！」

「ぼくも！」

今日のお弁当は、玉子そぼろご飯、鶏そぼろご飯、鮭ほぐしご飯、混ぜ込みワカメご飯の手毬《てまり》おむすび。

手毬は『万事丸く収まる』『うまく転がる』っていう意味の縁起物で、縁起物の具材で彩りよくデコっているから、普通のおむすびより運倍加率が高いんだ。

おかずは子供たちが好きな出汁巻き玉子、から揚げ、タコさんウインナー。

茹でブロッコリーとプチトマトと小エビのサラダ。

これらを小さいグラシンカップに少量ずつ入れて、重箱に詰めてきた。

運二倍効果がある召喚水と、昆布と鰹節の合わせ出汁を使った、豆腐と油揚げとワカメのお味噌汁もあるよ。

「うわぁ！　おいしそう！」

「きれーにゃん！」

「どれからたべよう」

朝から歩いてここまで来たから、とてもお腹が空いていたんだろう。みんな次々とおむすびやおかずに手を伸ばし、「おいしい！」と笑顔で喜んでくれる。

きれいに完食して重箱を仕舞ったら、締めのデザートだ！

「食後のデザートは、白玉と小豆餡入りの和風パフェだよ」

「うわんっ！　バニラアイス！」

「あんこと、おもちもあるにゃっ！」

「おいしそー！」

「白いお団子はお餅じゃなくて、『白玉団子』っていうんだよ。どちらも原料はもち米だけど、餅は蒸したもち米を、杵っていうハンマーで、ぺったんぺったん叩いて作る。白玉は、もち米から作った白玉粉を、水で練って、丸めて、茹でるんだ」

「おいしーなら、おもちでも、しらたまでもいいにゃん♪」

「くぅ～ん！　アイスさいこー！　つめたーい！」

「しらたまとあんこ、いっしょにたべると、すっごくおいしーね♪」

目を細めて笑いながら、全身で『美味しい！』と心の叫びを表現している子供たちを見ていると、心がほっこりする。

異世界料理の弁当を食べた午後からの俺たちは、なんと運二十二倍だ！

お腹が膨れたキャティは、なんだか眠そうな顔をしている。

午後三時から護身格闘術のレッスンだし。ちょっと昼寝させたほうがいいだろう。

俺は木陰に結界を張り、昼寝するのにちょうどいい温度に調節し、大木に凭れるように根元に座った。

「《ルームエアコン》」

膝枕でキャティを寝かせてあげると、シヴァとラビも甘えるようにすり寄ってきて、心地よさげに寝息を立て始める。

（……なんだか俺も眠くなってきちゃったな。レッスンに遅れないよう、スマホのアラームを仕掛けて昼寝するか）


一時間足らずの微睡みに身を任せ、マナーモードの振動に起こされた俺は、子供たちを起こして帰り支度を済ませた。

往路は食材探索スキル全開でここまで来たが、帰路はスキルをオフにして、のんびりと森の景色を楽しみながら歩いていく。

「あっ！　おはなばたけ！」

「ちょーちょがいるにゃんよ！」

「きれい……」

モルフォ蝶みたいな青く美しい蝶を、子供たちが追いかける。

「あっちにもなんかいるよ！」

「どこにゃ？」

「きのうえ！」

「あれはリスだね」

森の浅部には危険な魔物がいないから、すっかり散歩気分だな。

俺たちは草原から踏み分け道へ戻り、馬車道を辿って関所を抜けた。

大通りをまっすぐ行けば、冒険者ギルドだ。


昼下がりの午後——冒険者ギルド内は閑散としている。

俺はまず、買取窓口で常時依頼の薬草類を売った。

今は買取単価が高いマナベリーの常時依頼があるし、食材探索スキルで効率よく採取したから、マナベリーを自分用に半分くらい残しても、金貨一枚以上の稼ぎだ。

子供たちもみんな金貨一枚以上稼げたので、銀貨一枚分は細かく崩した硬貨で受け取って各自の財布へ入れ、残りは子供たちのギルド口座に振り込んでもらった。

「あと、こちらも買取できますか？」

俺が出したものを見て、受付嬢が驚きのあまり息を呑む。

「こっ、これはっ！　まさか……」

すぐさま個室へ案内され、高度な鑑定スキルを持つ査定専門スタッフが呼ばれた。

「これはトニック茸。こちらはエルディナ草で間違いありません。どちらも超レア素材で、採取した直後のように新鮮な最良品です。買取査定額はこちらになります」

トニック茸五本は、五百グラム強で金貨五枚ちょっと。

エルディナ草は、一キログラム強で大金貨三枚以上の値が付いた。

この二つだけで、日本円にして三百五十万円超えてるよ！

しかも、ちょうど両方採取依頼が出ていたらしく、依頼達成報酬まで上乗せされた。

「今日はとてもラッキーでしたね。採取でこんなに稼げることは滅多にありませんよ」

査定スタッフが満面の笑みでそう言ったけど、これはラッキーじゃなくて、チートスキルのお陰だ。


本日午後三時から予約している『護身格闘術入門コース』のレッスンは、『第二訓練棟のサブ競技場で行う』と聞いている。

俺は子供たちを連れて、冒険者ギルド本館の裏手にある第二訓練棟へ移動した。

エントランスホールの受付カウンターでレッスン料を支払い、案内表示に従って辿り着いたサブ競技場は、三階まで吹き抜けの、土足で入る縦に長い体育館みたいな施設だ。

二階の一角に観客席らしき階段状の座席があるから、ここで訓練だけでなく、魔法や武器の競技会もやるんだろうね。

しばらく中で待っていると、時間通りに講師の先生がやってきた。

「護身格闘術のレッスンを担当しているドミニクだ」

初心者講習担当のアルマン先生によると、ドミニク先生は有名なAランク冒険者パーティーの盾役だった人で、二年前に冒険者を引退して、ギルド職員になったらしい。

身体強化魔法が得意で、二つ名は『鉄壁の魔漢《まかん》』。

日本語にしたら『まおとこ』とも読めるよね。

聞いた瞬間、言語翻訳スキルが余計な仕事をしてくれて、笑いを堪えるのが大変だった。

ちなみにアルマン《アラカン》先生はいかにも『体育会系！』って感じだけど、ドミニク先生は『武人』って感じ。還暦前後と聞いているが、バッキバキに鍛え上げた肉体は、今でも老いを全く感じさせない身ごなしだ。

俺は先生のほうに向き直って挨拶する。

「初めまして。一昨日冒険者登録した、Fランク冒険者のニーノです。『ニーノファミリー』のリーダーで、この子たちが俺のパーティーメンバーです」

「おれ、シヴァ！」

「キャティにゃ！」

「ラビです。はじめまして」

「おう。お前たちのことは、ギルマスから聞いているぞ」

ドミニク先生は、それ以上踏み込んだことは言わなかったが、子供たちに労わるような優しい眼差しを向けている。

「さて。レッスンを始めよう。護身格闘術とは、自分や仲間の命や体を守るための格闘術だ。大切なのは、敵を攻撃することではなく、敵の攻撃を防いで、自分や仲間を優位な状況に導くこと。怪我をしないこと。仲間に怪我をさせないことだ。その技術を教える前に、体力テストを行う」

ドミニク先生は、子供たちのために身振りを交えて言う。

「まずは片足立ちで、どれくらい立っていられるか確認する。腰に手を当て、まっすぐに立ち、膝と股関節が九十度になるよう脚を引き上げ、この状態をできるだけ長く維持するんだ。やってみろ」

先生はどっしりと微動だにせず片足立ちして見せる。

子供たちも当然のように片足立ちを維持してるけど、トレーニングやスポーツに勤《いそ》しむタイプじゃない俺には、案外難しい。

「ニーノ。すぐグラグラするのは姿勢が悪いからだ。もっと腹に力を入れて、尻を引き締めろ」

姿勢を直され、アドバイスを受けて、さっきよりは長く立っていられるようになった。

「よし。じゃあ、これからテストを始めるぞ。俺が手を叩いたら、右足を上げろ。準備はいいか？」

「「「はい！」」」

返事とともに手が打ち鳴らされ、全員片足立ちになる。

練習同様、俺が一分ほどで脱落し、次にキャティ。かなり粘ってシヴァ、ラビの順に両足を地に着けた。

反対の足も結果は同様だ。

「ラビもシヴァもよく頑張った。キャティも、とても三歳とは思えない出来だ」

ドミニク先生に褒められ、照れたラビは頬をピンクに染めてモジモジ。負けてちょっと悔しそうだったシヴァとキャティも機嫌よさげに笑った。

「次は目を閉じて足を上げるテストだ」

先生の合図で、『閉眼片足立ち』テストが始まる。

目を閉じることで、バランスを取るのがさらに難しくなって、さっきより早くグラついて足をついた。

キャティとラビも、目を開けていたときほど長く維持できなかったけど、シヴァは最初とほとんど変わらないタイムだったんだ。

「やったぁ！　ラビにかったぁ！」

足をついて目を開けてからの、シヴァのドヤ顔が凄い。君も負けず嫌いだねぇ。

ドミニク先生が「よく頑張った」とシヴァを褒め、俺たちを壁際へ連れていく。

「次は垂直跳びの記録を計る」

（あー、これ学生時代にやったわ。壁に横向きで立って、身長に合わせて計測器を動かしてから、ジャンプして計測器にタッチするヤツ）

まずは先生が、高く飛ぶためのコツをアドバイスしながら、お手本を見せてくれた。

（すげー！　さすが先生！　一メートル余裕で超えてるよ！）

ドミニク先生は涼しい顔で振り返り、俺を見て言う。

「こんな感じで飛んでみろ。まずリーダーのニーノから行け」

「はいっ！」

俺は学校行事でしかスポーツしない派だったけど、学生時代の体力測定は、全体的に平均値より上だったんだ。

あれから十年——鍛えてないから、多少体力が衰えてるだろうけど。

この世界に召喚された当初はレベル1で、ステータスもバカにされるほど低かったけど。

今の俺はレベル46。基礎ステータス値は初期値の十倍から二十倍以上になっている。

しかも、異世界料理を食べた分だけ、付与魔法の補正がかかるんだ。

(さて。どのくらい跳べるかなー？)

期待に胸を膨らませ、思いっきりジャンプ！

そして、驚きの結果に呆然とした。

「ニーノ、五十五センチ」

(……嘘っ！　高三の最高記録より、十センチも下がってる……)

三桁になった俺のステータスは——下駄《げた》を履かせて四桁のステータスは、いったいどうなってるんだ!?

「もう一回跳んでみろ」

促されてやり直したけど、ショックで動揺しているせいか、結果は一回目より悪かった。

魔法は結構使えるようになったのに。

物理系のステータスも上がっているはずなのに。

(どうして……!?)

納得できず混乱している俺に、ドミニク先生が真顔で追い打ちをかけてくる。

「……十代の男なら、もっと跳べるんだがなぁ……」

「……俺、二十八歳です」

「……そうか。しかし、二十八歳にしても……」

先生は言葉を濁したけど、言わなくても解るよ。

(こちとら地球の現代っ子なんだから、マッチョな冒険者と比べないで……)

俺が若く見られるのは、扁平《へんぺい》な日本人顔のせいもあるだろうけど、身長百七十四センチしかないのが要因だと思う。

こっちの推定二十代くらいの男性は、どう見ても百八十センチ以上あるんだ。

ドミニク先生は一際《ひときわ》デカいから、二メートルくらいあるんじゃないかな？

打ち拉がれている俺の目の前で、先生に呼ばれたシヴァが、全身をバネにして跳ぶ！

「シヴァ、百十一センチ」

あんぐりと口を開けて絶句していると、続いてラビが勢いよく跳んだ。

「ラビ、百十七センチ」

凄いジャンプ力だとは思ってたけど——本気を出すと、二人ともここまで跳ぶの!?

そして、キャティも軽やかに跳ぶ。

「キャティ、百二センチ」

三歳の幼女ですら、一メートル越えなんてアリかよ!?

（泣いていいですか？）

黄昏《たそがれ》ている俺を、ドミニク先生が妙に優しく慰める。

「そう落ち込むな、ニーノ。獣人族は、人族より身体能力が高いんだ。成人した戦士なら、身体強化で三メートル以上跳ぶヤツがゴロゴロいるぞ」

恐るべし、獣人族！

「まあ……三人とも、ちびっ子にしては、かなり優秀だがな」

それは、毎日俺の異世界料理を食べてるからじゃないかな？

「じゃあ次は、『立ち幅跳び』のテストを行う」

これは助走をつけずに行う幅跳びだ。

立ち位置とメジャーラインが描かれたマットの上で、ドミニク先生が遠くまで飛ぶコツを伝授しながらお手本を見せてくれた。

続いて、俺たちもさっきと同じ順番で跳んだ。

「ニーノ、二百二十一センチ」

「シヴァ、二百八十五センチ」

「ラビ、二百九十八センチ」

「キャティ、二百五十三センチ」

まだ幼児なのに……異世界の獣人族の子供、ほんっと身体能力高っっ!!

「次は五十メートル走だ」

そう言いながら先生が床に触れると、五十メートル走のレーンが浮かび上がってきた。

「なんで!?」

「驚いたか？　この訓練棟は、建物自体が巨大な魔道具なんだ。今は広々使っているが、個人で訓練場を借りる場合、予算に合わせて、不透明な結界壁で区切って利用できるぞ」

五十メートル走のレーンは複数あるけど、ストップウォッチでタイムを計るため、一人ずつ順番に走っていく。

「ニーノ、八秒〇一」

「シヴァ、五秒二五」

「ラビ、五秒七四」

「キャティ、六秒一八」

君たちどこの陸上選手だよ!?

それに比べて俺って……同じ異世界料理を食べてるのに、なんでこんなに遅いの!?

情けなさに項垂れる俺を、ドミニク先生が励ます。

「ニーノは冒険者としては少々厳しい結果だったが、身体強化魔法が使えれば、状況を一変できるかもしれないぞ」

そうだ。ヘコんでる場合じゃないよ。俺には魔法があるじゃないか！

「ニーノは魔法師だから、魔法を使うとき、声に魔力を載せて詠唱するだろう？　ほとんどの魔法は、体内魔力を放出することで発動するが、身体強化魔法は魔力を放出せず、逆に外界から吸収し、体内で循環させるのが基本だ」

声に魔力を載せるのは、『アイテムボックス』スキルのお陰で、感覚的に理解できた。

でも――魔力を吸収して、体内で循環させるって、どうすればいいの？

「ちょっと、掌を上に向けて、両手を出してみろ」

ドミニク先生の指示に従うと、先生の掌を被せるように重ねられた。

「今から俺の魔力でニーノの魔力を動かす」

ドミニク先生の掌から、見えない何かがゆっくりと放たれ、その圧力で、俺の中にある何かが押し出されるように動いていく。

「うわっ！」

「体の中で魔力が動くのが判っただろう？」

ドミニク先生は、子供たちにも同じようにして、魔力の存在を体感させた。

「うわんっ！」

「にゃあっ！」

「キュー！」

子供たちも驚きの声を上げ、毛を逆立てている。

解るよ。他人に魔力を動かされると、ゾゾゾッと怖気《おぞけ》が走ってビックリするよね。

「魔法を使えば魔力は減るが、時間が経てば自然回復する。それは食事や呼吸によって、魔力の素を吸収し、体内魔力を作り出しているからだ。しかし、魔素が多いものを食べ、魔素が多い場所にいれば、いくらでも取り込めるわけではない。個人の能力によって総魔力量が決まっているから、器に入りきらない魔素は自然に排出されてしまう。それを逃がさず圧縮し、体内で循環させ、密度を高めた魔力を纏うことで、己の肉体を強化する。それが身体強化魔法だ。今から、より多くの魔素を吸収し、体内魔力の密度を上げる呼吸法を教える」

ドミニク先生はお手本を見せながら、呼吸法をレクチャーした。

「両足を肩幅に開いて立ち、背筋を伸ばし、きゅっと押しつぶすように下腹に力を入れてへこませながら、思いっきり息を吐く。吐いて、吐いて、限界まで吐ききってから、力を抜いて、鼻からゆっくり息を吸い込む。そうだ。もう一度。下腹に力を入れて、ゆーっくり息を吐きながら、さっき俺が動かしたように、体内魔力を動かしてみろ。魔力が全身を巡るようイメージするんだ」

体内魔力の器がどこにあるのか。魔力が何に宿っているのかは判らないけど――心臓から送り出された血液が、全身を巡るイメージを思い浮かべながら呼吸してみた。

（あ……なんか、動いてる……）

魔力らしきものが俺の意思に従い、流れるように全身を巡り始める。

腹に力を入れて息を吐く度、それが次第に密度を増していく。

密度を増した魔力と魔素が結びついては膨れ上がり、それを循環させ続けることで、魔力が流れる血管のようなものが太くなった気がする。

「ニーノはさすが魔法師だな。もう魔力を圧縮して、循環できるようになったのか。ちびっ子たちは苦戦しているな。ちょっと手伝ってやろう」

「うわん！」

「ほら、気を散らすな。このまま下腹に力を入れて呼吸しろ」

ドミニク先生は、シヴァの下腹に手を当て、強制的に体内魔力を動かしながら、呼吸法を続けさせているようだ。

「この感覚を忘れるな。この状態を思い出しながら呼吸するんだ」

そう言って、今度はラビとキャティにも同じことをしている。

呼吸法と魔力循環を続けながら、子供たちの様子を見守っていると、しばらくして、ドミニク先生が驚きの声を上げた。

「おおっ！　ちびっ子たちもできるようになったな！　三人とも、まだ小さいのに大したもんだ。大人でも、できない奴はなかなかできないのに」

そりゃウチの子たちは、魔力量も魔力操作も、ステータスの成長率も、俺のスキルで底上げしてるからね。

子供たちは得意げな顔で「ほめられた！」とはしゃぐ。

「こぉーら、集中が切れてるぞ。やめていいとは言ってない。次は圧縮魔力を循環しながら、特定の場所に集める量を増やす訓練だ。目に魔力を集めれば視力が、耳に集めれば聴力が、鼻に集めれば嗅覚が強化される。腕に集めれば腕力が増し、下肢に集めれば脚力が増すぞ」

魔力を自分の意志で動かせるようになると、特定の場所に多く集めるのも簡単だった。

「みんな優秀だな。じゃあ、今度は魔力循環を続けながら、もう一度体力テストだ」

ドミニク先生に促され、まずは『開眼片足立ち』から再テスト。

最初のテストは惨敗だった俺だけど、魔力循環しながらやると、グラつくどころか、先生に「やめ！」と言われるまで続けられた。

子供たちも、最初のテストより若干タイムが伸びたようだ。

続いて『閉眼片足立ち』テストが行われた。

なんかね。目を閉じて集中すると、全身がセンサーになったみたいに、誰がどこにどんな状態でいるか判るんだ。

「よし！　やめ！　次は『垂直跳び』テストだ」

魔力循環なしのテストでは、高三時代の最高記録を十センチくらい下回ったけど。

今回は、特に足腰に魔力を集中させ、膝を曲げて深く腰を落とし、思いっきりジャンプして――。

「ぐはっ!!」

思いっきり天井にぶち当たった。

サブ競技場の天井の高さが何メートルか判らないけど、日本家屋の天井より高い上に、三階吹き抜けだから、少なくとも七メートル以上あるよね?

いったい何メートル跳んだんだよ!?

しかも、とんでもない衝撃を受けて墜落したのに、ケガ一つしていない。

愕然とする俺に、ドミニク先生がボソリと呟いた。

「……こりゃー、トーマ・アリスガーの結界装置がなかったら、天井を突き破ってたな。普通、放出系の魔法が得意な奴は、身体強化が苦手な場合が多いんだ。逆も然《しか》りだが、ニーノは両方得意な上に、総魔力量が多いんだろう。身体強化に使う魔力の調整を覚えたほうがいいぞ」

子供たちも再テストしたが、身体強化で伸びたジャンプ力は十パーセントくらいだ。

「次は『立ち幅跳び』の再テストを行う」

さっき天井にぶち当たったから、足腰に魔力を集中させるのをやめてみたけど、纏う魔力量が多すぎたのか、密度が高すぎたのか――。

「ぐふっ！」

今度は壁にぶつかった。

ドミニク先生が呆れた声で呟く。

「ニーノ。お前、ビフォーアフターが激しすぎないか？」

っていうか、ステータス的には、最初のテスト結果がおかしいんだよね。

もしかして……ステータスは高くなったけど、体を鍛えてないから、壊れないようリミッターが掛かっていたとか？

「次は五十メートル走だ。幅跳びじゃないんだから、跳ぶなよニーノ。普通に走れ」

ドミニク先生に念を押され、身体強化魔法を使って走った俺は、またしても驚愕のタイムを叩き出した。

「ニーノ、三秒フラット」

これって、人間が走る速度じゃないよね？

シヴァももう少しで四秒台の壁を越えそうな勢いだった。

ラビもキャティも、少し早くなってる。

身体強化魔法を使っての体力測定が終わると、最後にドミニク先生が、ジャンプやダッシュのフォーム改善指導をしてくれた。

一回目の『護身格闘術入門コース』レッスンが終了し、先生に挨拶してサブ競技場を出たところで、子供たちのお腹が「「「ぐぅー！」」」と鳴る。

「お昼ご飯が早かったし。たくさん運動したから、お腹空いたね」

第二訓練棟のエントランスにある休憩所には、今は誰もいない。

「あそこでおやつしてから帰ろうか」

「「「うんっ！」」」

俺はアイテムボックスから、作り置きしていたおやつを取り出した。

「カボチャのマフィンと、冷たいミルクだよ」

ミルクだけだと異世界料理にならないけど、なんと召喚水で作った氷を入れるだけで、料理したことになるんだ。

お腹を空かせた子供たちは、ニコニコしながら夢中でマフィンを食べた。


人心地ついてから、俺は子供たちを連れて宿へ帰り、亜空間厨房のドアを開けて言う。

「今日は、初仕事を終えたお祝いのご馳走を作るよ」

「「「ごちそう！」」」

子供たちが『楽しみでしょうがない』って顔で笑いながら、ちぎれんばかりに尻尾を振り、諸手を挙げて飛び跳ね、甘えて抱きついてきた。

こんなに喜んでくれたら、腕の振るい甲斐があるよ。

俺は愛用のコックコートに着替え、張り切って厨房に立った。

何を作るかはもう決めている。

始まりの一品は、キャティが大好きなオマール海老やサーモンを使って、華やかに盛り付けたワンスプーン小前菜《アミューズ》。

前菜《オードブル》は、低温の油でじっくり煮込んだ牡蠣のコンフィ。野菜やチーズ、茹で玉子、生ハムを載せたタルティーヌ《オープンサンド》。

スープは、カボチャのポタージュ。

魚料理《ポワソン》は、ハーブソルトで蒸し焼きにした、海老と真鯛のポワレ。

口直しは、マンゴーソルベ。

肉料理《アントレ》は、NINO特製ローストビーフ。

料理を作ってはアイテムボックスに収納し、最後にデセール《デザート》を作っていく。

これからも元気でたくさん稼げるように、カラフルなマジパンで招き猫を作って、生クリームを使ったホールケーキにデコレーションするんだ。

リアル招き猫じゃなくて、子供が喜ぶような、可愛い顔立ちの招き猫。

普通は小判を持ってるけど、ここは異世界だから、大金貨を持たせることにした。

細かい作業は得意だよ。洋菓子・和菓子コンクール、どちらも優勝経験があるからね。

「「うわぁ！」」

出来上がっていく招き猫を見て、子供たちが歓声を上げた。

「これはケーキの飾りにする、お菓子の猫ちゃんだよ。スプーンを持つほうの手を上げているのが男の子で、反対の手を上げているのが女の子」

左手を上げているのは白猫だけで、ほかはすべて右手を上げている。

「キャティは、しろいネコちゃんにゃ！」

「おれ、くろいネコちゃんがいい！」

「ぼく、きいろいネコちゃん」

「じゃあ、俺は雄の三毛猫だね。三毛猫はたいてい女の子で、男の子は珍しいんだよ」

作り終わった招き猫のマジパン細工を鑑定すると、思った通り、めちゃめちゃ効果が高い縁起物だった。

左手を上げた雌猫は千客万来の人招きで、右手を上げた雄猫は金運を呼ぶ金招き。

白い招き猫は『開運招福』。

黒い招き猫は『厄除け魔除け・家内安全』。

黄色い招き猫は『金運と良縁』。

本当は絶大な金運を招く『右手を上げた金の招き猫』を作りたかったけど、マジパンを金色に着色できないから、黄色にしたんだ。

そして雄の三毛猫は、右手で金運を招き、白い毛色が『開運招福』、黒が『魔除け厄除け・家内安全』、赤が『無病息災・健康長寿』を招く。

赤といっても茶色だけど、キツネ色の柴犬は『赤柴』だし。赤みがかった茶色い毛色を『レッド』って言うからね。

四色の招き猫が映えるよう、ケーキの生クリームは、キャティが好きなピンクにした。

「よしっ、完成！　ご飯にしよう！」

今日は召喚ワインセラーにロゼのスパークリングワインが入っていたから、子供たちにはピンク色のいちごソーダを用意している。

「初めてお仕事をして、お金を稼いだお祝いだから、飲む前に、グラスを掲げて『乾杯』って言うんだよ。じゃあ、乾杯！」

「「かんぱーい！」」

子供たちと食事をしながら、俺は心から願う。

どうかこれからも、楽しい毎日が続きますように。

異世界で巡り会った俺の家族が、明日も笑顔でいられますように。

この子たちが、ずっと幸せでいられますように――。

エピローグ

ヘルディア王国に召喚された四人の高校生たちは、食事の度にうんざりしている。

「はぁーっ、今日も硬くて重くて酸っぱい黒パンと、マズい塩味スープと、生臭い肉のステーキか……」

勇者の赤井《あかい》勇人《はやと》がため息をつけば、聖盾騎士の黒田《くろだ》一騎《かずき》が遠い目をして言う。

「飯《めし》がマズいとやる気出ないよな」

「全くだ。僕はコーヒー党なのに、紅茶しかないし」

賢者の青木《あおき》賢士《けんじ》が同意し、聖女の桃園《ももぞの》愛里《あいり》が叫んだ。

「甘いものと言ったら、水っぽくて味が薄い果物か、酸味が強い果物か、渋みの強い果物しか出ないのよ！　もうやだぁ～！　ミス・ドーナツのクリームフレンチと、チョコクランチが食べたい～！　ワンマンスのアイスクリーム～！」

「俺もモックのハンバーガーと、コーラと、ケンタのフライドチキンが食べた～い！」

「回転寿司に、好野家の牛丼と味噌汁、大将のラーメン・ギョーザが恋しいぜ……」

「僕はピザーレのマルゲリータや、ジョニーパスタのモッツァトマトが食べたいよ」

「いや、パスタはやっぱり明太子が最高だろ！」

「俺はアラビアータが好きだ」

「カルボナーラが一番美味しいに決まってるじゃない！　あ〜！　カルボナーラ食べたくなっちゃった！」

「もしかして、料理人見習いが召喚されたのって、ここがメシマズ世界だからか？」

赤井勇人のセリフを聞いた青木賢士が、ハッと気づいた様子で叫んだ。

「違う！　確かあのとき『料理人見習い』じゃなくて、『料理屋見習い』と聞こえた！もしかして、店を継ぐ予定の料理人だったんじゃないか？　技術力ゼロって、料理の腕じゃなくて、戦闘能力だったのかも……」

彼らは城を出た料理人の存在に、一筋の希望の光を見出した。

「「「「召喚された料理人を呼び戻してもらおう！」」」」

こうして、城を出た料理人の捜索が始まる——。

おわり

番外編

不思議な料理人

俺はレオノアール・デュボア。通称ノア。Bランク冒険者パーティー『銀狼の牙』の魔法師をしている。

リファレス王国第二騎士団の分隊長を務める父は、武門の誉《ほま》れ高き伯爵家に生まれた、男ばかりの五人兄弟の三男だ。

デュボア一族の男子は騎士にならねば認められないが、俺は容姿も資質も祖母に似た。

俺が幼い頃に病《やまい》で亡くなった祖母は、優秀な魔法師を多く輩出する侯爵家の令嬢で、かつては『社交界の華』と称された美女。当然引く手数多《あまた》だったが、幼馴染みの祖父と相思相愛で結婚し、死してなお深く愛されている。

そんな祖母に激似の俺を、祖父は内孫を差し置いて溺愛した。

特に祖母が亡くなってからは、唯一最愛の妻に似た孫を心の支えにしていたようだ。

自分で言うのもなんだけど、幼少期はとんでもない美少女顔だったから、悪ノリした親戚のお姉さんたちにドレスを着せられたりもしたな。

それを見た祖父が大感激して、俺は死んだ目をして祖父に抱っこされていた。思い出したくもない黒歴史だ。

俺はいつも一人だけ祖父に特別扱いされていたから、歳の近い従兄弟《いとこ》姉妹たちにやっかまれ、大人がいないときを狙って、難癖付けて苛《いじ》められたよ。

本家に集まるときは、なるべく兄たちが傍にいて庇《かば》ってくれたけど、家族に甘やかされて育った末っ子の俺は、打たれ弱くてよく泣かされていた。

一番苛烈だったのが、俺より一歳年上の、本家の三男フェリクスだ。

ヤツはひょろっとした学者肌で武芸の才には恵まれず、デュボア本家では立場が弱かったが、四属性魔法スキルを持っていたため、母親の実家から期待されていたらしい。

デュボア一族の中で、高等魔法学院へ進学したのは、フェリクスと俺だけだ。

一年遅れて魔法学院に入学した俺は、生まれつき魔力量も魔法スキルも多く、魔力操作に長《た》け、知識欲旺盛で、実技も座学もフェリクスより成績が良かった。

周囲から俺と比較され、天狗の鼻を折られたフェリクスは、一方的に俺をライバル視して、うんざりするほど粘着するようになったんだ。

しょっちゅう閨閥《けいばつ》貴族子弟《してい》の取り巻きを連れて、俺に嫌がらせしに来るフェリクスには、ヤツが卒業するまで悩まされたよ。泣き寝入りするのは不本意だけど、相手は伯爵家を継ぐ嫡男にして子爵の令息で、こっちは準貴族でしかない騎士の息子だから、対抗するには分《ぶ》が悪い。関わり合いにならないのが一番だ。

魔法学院卒業後は、俺もフェリクス同様、宮廷魔道師になることを期待されていた。

でも、一生ヤツに虐《しいた》げられるのは御免だから、冒険者になる道を選んだ。

ソロの魔法師として冒険者デビューしたけど、たまに助っ人としてパーティーに入ったり、臨時パーティーを組んだり、強制依頼の合同討伐に参加することもあった。

その流れで知り合った、同郷の幼馴染みだという二人組の冒険者と、斥候《せっこう》兼支援攻撃役の少年と意気投合し、彼らとパーティーを組んだんだ。

冒険者パーティー『銀狼の牙』を束ねるリーダーは、双剣使いのオリバー。

盾戦士のヒューゴはテイマーでもあり、魔馬のヴィントをテイムしている。

最年少の斥候ジェイクは、索敵スキルがとても優秀で、弓も得意だ。

頑丈な荷馬車を手に入れた俺たちは、リファレス王国ルジェール村と、ヘルディア王国カナーン村の冒険者ギルドを拠点に活動するようになった。

主な仕事は、両国間にある大森林での魔物討伐と、護衛依頼や荷物の輸送。

今回はうちのパーティーの荷馬車で、依頼人をリファレス王国まで護送する仕事を請け負った。


「ニーノです。依頼を引き受けていただき、ありがとうございます」

十九歳のジェイクと同年代に見えるニーノさんは、服装が定番の冒険者スタイルだけど、体つきや物腰、言葉遣いからして、おそらく貴族か大商人か知識人の子弟だろう。『依頼人の個人情報を漏洩《ろうえい》しないこと』という契約条件からして、身分を隠して移動している可能性が高い。

若い男の一人旅となると、『家業を継ぐのが嫌で家出した』とか、そんなところかな？ときどき家出人とか、駆け落ちするカップルとか、挫折した僻地《へきち》の開拓農民や、税金が重い南部の領地から夜逃げする家族が、リファレス王国までの護衛を依頼するんだよね。

予想通り、彼は関所《せきしょ》で身分証明書を提示しなかった。

森へ入ってしばらく進むと、整地された馬車道から、ガタつく踏み分け道へ変わっていく。

悪路に慣れていない様子のニーノさんは、魔馬を休憩させるタイミングで、「乗り物酔いに効果がある」という、ポーションみたいな緑色のお茶を分けてくれた。

いかにもマズそうな色だけど、すっきり爽やかな甘さで、エールみたいにしゅわっとして美味しいらしい。

「甘いのは砂糖を入れているからですよ」

「砂糖だって!?　そんな高価なものを使ってるのか!?」

祖父はよく砂糖入りの紅茶と甘いお菓子を出してくれたけど、俺の実家では飲み物に砂糖を入れることはなかったし。冒険者になってからは、果物以外の甘味を口にしたことはない。それだけ砂糖は高価なんだ。

半信半疑で抹茶ソーダに口をつけると、本当に甘くて美味しかった！

「オレ、こんなの飲んだの初めてだ！」

「甘味は貴重品で、庶民が口にすることはないからな」

ジェイクとヒューゴも、嬉しい驚きに瞳を輝かせている。

「じゃあ、一服するついでに、みんなで午前のおやつにしましょう」

ニーノさんは、『ボタモチ』っていう甘いお菓子も配ってくれた。

見たことのないお菓子だ。艶のある黒っぽい赤褐色で、見た目はあまりよろしくない。

でも、口に入れた途端、その美味しさに目を瞠った。

「こんなに美味しい甘味が食べられるなんて……！」

かつて祖父が食べさせてくれたお菓子より美味しい。

オリバーたちはあっという間に食べきったけど、俺は少しでも長く楽しめるよう、ちょっとずつ口に含んで味わいながら食べた。


そうして馬車の旅を続けているうち、俺たちはニーノさんの秘密を知ったんだ。

「今から目にすることは、他言無用でお願いします」

彼はそう念押しして、虚空《こくう》から折り畳みテーブルセットを取り出し、木陰に並べていく。

「ニーノさん、アイテムボックス持ちなんだ……」

アイテムボックスは、冒険者や商人にとって憧れの稀少スキルだ。

「面倒事に巻き込まれたくないから、隠しているんです。俺は料理人なので、口止め料として、移動中の食事はご馳走しますよ」

テーブルには、ふんわり軽くてやわらかい板状の白パンに、いろんな具材を挟んだ『サンドイッチ』という料理が並べられた。

通常森での食事は堅パンと干し肉。おやつにナッツやドライフルーツを齧《かじ》る程度だ。運が良ければ狩った獲物の丸焼きや、野草と肉のスープにありつけるけど——諸事情により調理できないことも多い。

「まさか移動中に、こんな豪華な食事にありつけるとは思わなかったよ」

みんなサンドイッチに目が釘付け。期待と歓喜に大興奮している。

「飲み物は、アイスティーを用意しました」

驚いたことに、アイテムボックスから氷の入った容器も出てきた。

「ニーノさん、もしかして氷魔法が使えるの？」

「いえ。これは製氷魔道具で作った氷です」

そんな高価な魔道具、王族や裕福な貴族か、ギルドか大商人しか持ってないよ！

「ミルクティー用に濃い目に淹れた紅茶なので、お好みの量でミルクとシロップを入れてください。ミルクが苦手な方は、濃過ぎるようなら冷水で薄めたほうがいいかも」

「ちょっと待って！　紅茶って、エポーレア大陸では栽培できない高価な輸入品だよ⁉」

「そうなんですか？　俺の故郷では、緑茶のほうが生産量が多くて恒常的に飲まれてるけど、紅茶も栽培されていますよ。国産紅茶も外国産も値段はピンキリで、庶民も気軽に飲んでいました」

「そうなんだ……。ニーノさん、遠い国から来たんだね」

自国で紅茶を栽培してるってことは、南のアラヴィカ大陸か、南東のカシーナ大陸にある国。あるいはその周辺の島国から来た可能性が高いな。

（おそらく南部の山越えルートでヘルディア王国へ入国して、リファレス王国に向かっているんだろうけど――なんでわざわざヘルディア王国を経由したの？）

山と海と危険区域に囲まれた彼《か》の国は、天然要塞みたいな立地で、外国人が気軽に行き来できるところじゃないし。北西部以外は治安が悪くて、観光どころじゃないんだよ？

かつてヘルディア王国の領土は、北西部の平原だけだった。

けれど俺が生まれるよりずっと前に、少数民族や獣人族が住んでいた南部の丘陵地帯を次々と攻め落とし、大山脈の麓まで領土を広げたんだ。

十年ほど前には、東側の大河を隔てた隣国にも戦を仕掛け、攻め滅ぼして自国の領土に変えている。

彼の国も含めて、エポーレア大陸西部は五国同盟を結んでいるから、いきなり同盟破棄して我が国に宣戦布告――なんてことにはならないと思うけど。危うい印象は拭えないから、行き来するのは商人と冒険者くらいだよ。

なんでニーノさんがそんな国に立ち寄ったのか不思議でしょうがないけど、大好きな甘い紅茶を飲んだ途端、そんな疑問はどこかへ吹っ飛んだ。

(この紅茶、今まで飲んだ中で一番美味しい～！)

赤いソースがかかったふわふわのスクランブルエッグサンドイッチも、カリカリのベーコンと野菜を挟んだサンドイッチも、ピリッとジューシーなキャベツとハムのサンドイッチも、フライドポテトも、すっごく美味しかった！

(こんなに美味しい料理やお菓子がある国って、どこなの～⁉)

ほんっと、ニーノさんは謎だらけだ。

彼の特殊スキルは、時間停止機能付き大容量アイテムボックスだけじゃない。

それを知ったのは、野営地に出没したワイルドボア二頭を討伐したときだ。

「できればワイルドボアの肉は、俺に買い取らせてもらえませんか？」

交渉が成立し、ワイルドボアを収納し終えたニーノさんが言う。

「せっかくだから、今夜はワイルドボアで焼肉パーティーしましょう」

「えっ⁉　ニーノさん、大型魔獣の解体できるの？　できたとしても、さすがにこれから解体して食べるのは無理でしょ？」

「いえ、もうスキルで解体しましたよ」

「……凄いな、料理スキル。あの大型魔獣を、あっという間に解体できるなんて……」

呆気に取られたジェイクの言葉に、メンバー全員が頷き同意する。

ニーノさんは本当に解体された肉を取り出し、シチリンという道具を使った焼肉を振舞ってくれた。

「確かにワイルドボアは美味しい肉だけど、これは美味しすぎるよ！」

かつて食べたワイルドボアの焼肉とは全然違う。肉の臭みを全く感じない。

「七輪を使って炭火で焼くと、直火で焼くより旨味が増すんです。それに、料理スキルで完璧に下処理して、タンの柔らかくて美味しいところだけを出してますからね」

タンが舌だと聞いて驚愕したけど、たれの種類の多さにも驚いた。彼の故郷は美食の楽園だな。

深夜に差し入れてくれたコーヒーも、すっごく美味しかった。

眠気覚ましの効果があるって聞いたけど、これを飲むといつもより夜目が利いて、魔法の威力も上がったんだ。不思議に思って、戦闘後にステータスを確認したら、補正された数値が併記《へいき》されている上、予想より早くレベルが上がっていた。

因みに、ギルドカードのステータス表示には反映されなかったから、補正値を確認できたのは、魔法が使える俺だけだ。

昨日まで魔法の使い方すら知らなかったニーノさんも、昨日一度で風魔法の発動に成功して、翌朝には風・土・水の三属性が使えるようになっていた。

俺は四大元素魔法や複合魔法、ステータスアップの補助魔法が使えるけど、魔法学院でそれなりの訓練を積んでいる。ニーノさんの上達速度は速すぎるよ。精度も威力もビックリするほど上がってるから、魔物との戦闘なしでレベルアップした可能性が高い。

森移動二日目の朝。俺たちは大型の荷馬車がゴブリンジェネラルの群れに襲われている場面に遭遇した。

「もし助けられるなら、助けてあげてくれませんか？」

ニーノさんの依頼で加勢することになり、初撃で敵の数を減らすため、まず俺が広範囲攻撃の《塵旋風《ダストデビル》！》を放つ。

高威力の風魔法がゴブリン集団の数を大きく減らしたところで、御者を代わったジェイクが現場へと馬車を走らせ、飛び降りたオリバーとヒューゴが敵に突っ込んでいく。

戦闘に加わったニーノさんは、見様見真似で詠唱もなしに《塵旋風《ダストデビル》》を再現した。威力は弱かったけど、一度見ただけでアレを真似できる風魔法使いなんて、そんなにいないよ。

五人でゴブリンジェネラルの群れを全滅させた俺たちは、積み荷の中から、衰弱している獣人の子供たちを発見した。

子供たちは発熱し、意識が朦朧《もうろう》とするほど弱っていたのに、ニーノさんがその場で作ったケーコーホスイエキを飲んだ途端、みるみる回復していく。

俺たちもそれを飲ませてもらったけど、疲労どころか、魔力も体力も回復して、戦闘前よりベストな体調になった気がする。これがポーションじゃないなんて信じられない。

襲われた荷馬車の持ち主は、貿易商人を装った奴隷商人で——おそらく冒険者ギルドでも懸賞金をかけて指名手配している、獣人の村を襲撃しては殺戮《さつりく》と誘拐を繰り返す連続事件の犯人か、その関係者だろう。

ニーノさんは、斃したゴブリンの群れともども、襲われた大型の荷馬車をアイテムボックスに収納した。それでもまだまだ余裕があるらしい。

（まるで伝説の勇者や大賢者並みの、大容量アイテムボックスだよ！）

子供たちを馬車の荷台に乗せ、移動しながら聞き出した内容によると、やはりこの子たちは、件《くだん》の連続事件の被害者だと思われる。

荷台に同乗していた俺とオリバーは、ニーノさんに『子供たちが親元へ帰れない可能性が高いこと』を伝え、子供たちへの対応について忠告した。

そして、ニーノさんもヘルディア王国に誘拐され、リファレス王国へ逃亡している最中だと知ったんだ。

ニーノさんは、もしものときは、子供たちを育てる覚悟を決めている。攫われたことは不運だったけど、彼に巡り合えたこの子たちは強運だ。

子供たちと一緒に昼休憩を取ったあと、ポイズンスネークを狩ったジェイクがキラービーと遭遇し、巣を探して討伐することになった。

「ノアさん待って！　巣の水攻めより、真空状態で窒息させたほうが――」

聞き慣れない言葉を口にしたニーノさんが、『試したい策がある』というので見守っていると、不思議な呪文とともに、風魔法と結界魔法の合わせ技が発動して驚いたよ。

ニーノさんは風魔法と言い張った。確かに風魔法で結界っぽいものを作れないことはないけれど、あれは間違いなく、超レアな空間操作スキルによる結界魔法を併用《へいよう》している。魔法学院在学中に見た『大賢者トーマ・アリスガーの子孫』と称する講師の結界と同じだ。

高性能の大容量アイテムボックスも、空間魔法スキルの賜物《たまもの》なら納得がいく。

（そういえばヘルディア王国が隣国を侵略したとき、勇者召喚を疑う説があったんだよね。もしかしてニーノさんも、勇者召喚された人か、その子孫だったりして）

いろいろ気になるけど、詮索されたくないようだから、誤魔化されておくか。

その後も俺たちは、滅多に出ないイヴィルホークに追いかけられたり、ハイオークの群れに遭遇したりしたけれど――誰も怪我することなく討伐に成功し、ニーノさんのアイテムボックスに素材をすべて回収して、無事にリファレス王国の冒険者ギルドへ到着した。

予想以上の金額で素材が売れたのは、ニーノさんの開運料理《ラッキーフード》のお陰かもしれない。

おわり

コスミック文庫α

異《い》世《せ》界《かい》料《りよう》理《り》で子《こ》育《そだ》てしながらレベルアップ！ ～ケモミミ幼児《ようじ》とのんびり冒険《ぼうけん》します～

2021年11月1日　初版発行

【著者】　桑原伶依《くわはられい》
【発行人】　杉原葉子
【発行】　株式会社コスミック出版
〒154-0002　東京都世田谷区下馬6-15-4
【お問い合わせ】　一営業部一　TEL 03(5432)7084　FAX 03(5432)7088
一編集部一　TEL 03(5432)7086　FAX 03(5432)7090
【ホームページ】　http://www.cosmicpub.com/
【振替口座】　00110-8-611382
【印刷／製本】　中央精版印刷株式会社

ISBN978-4-7747-6330-9 C0193